小《さ》夜《よ》しぐれ

みをつくし料理帖

高田 郁

時代小説文庫

角川春樹事務所

目次

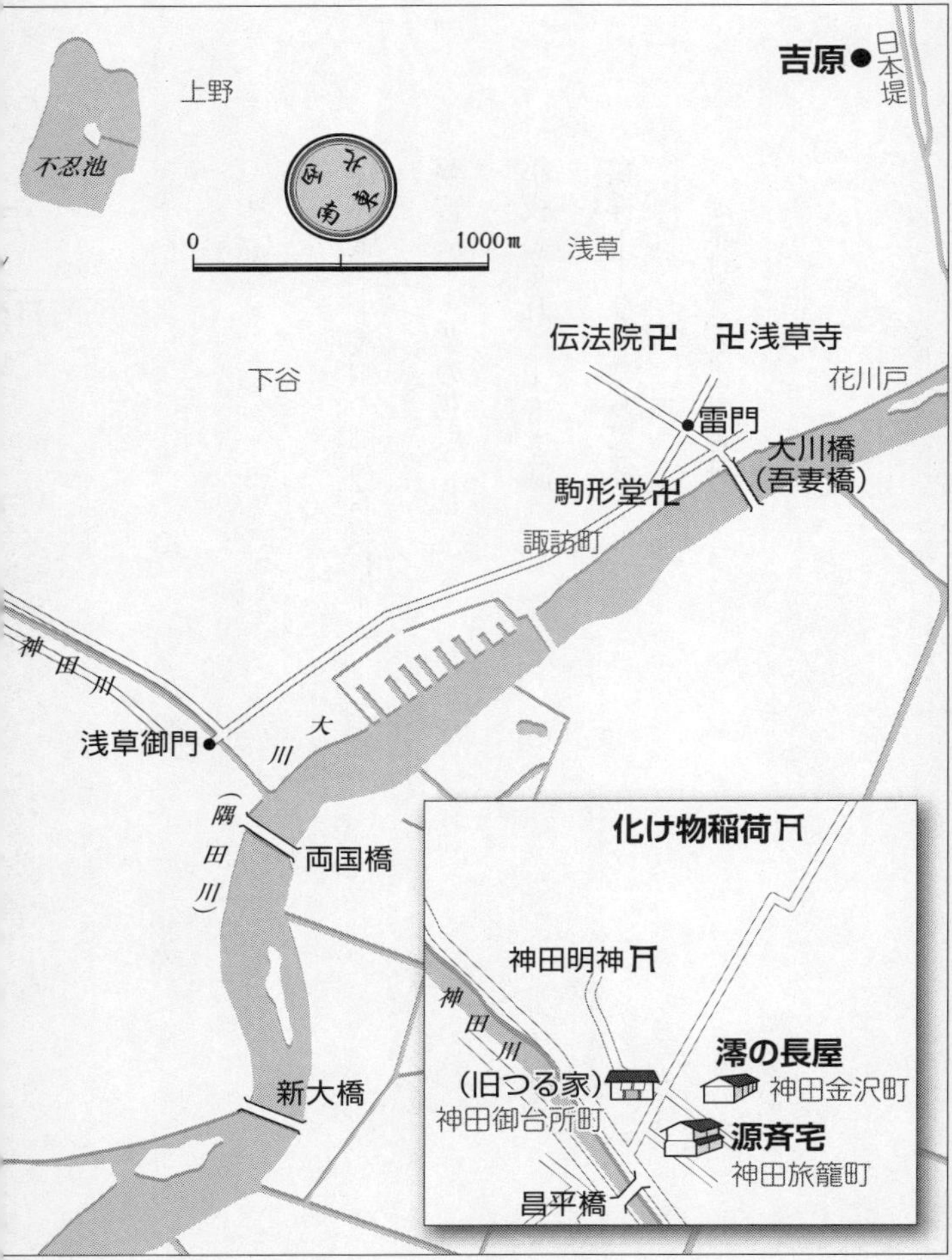

吉原
日本堤
上野
不忍池
北
東
南
西
0
1000m
浅草
伝法院卍
卍浅草寺
下谷
花川戸
雷門
大川橋
(吾妻橋)
駒形堂卍
諏訪町
神田川
浅草御門
大川
(隅田川)
両国橋
新大橋
化け物稲荷⛩
神田明神⛩
神田川
澪の長屋
神田金沢町
(旧つる家)
神田御台所町
源斉宅
神田旅籠町
昌平橋

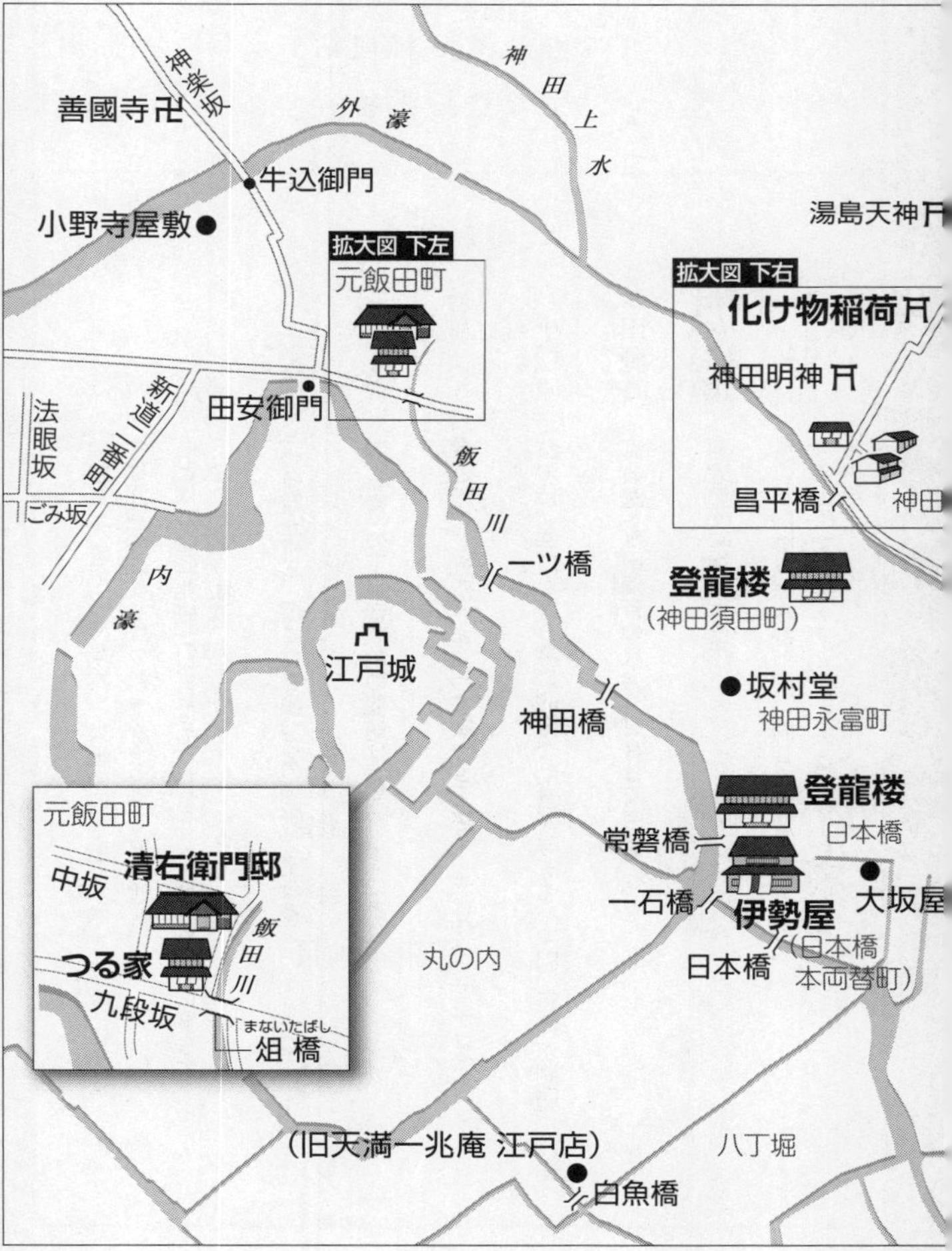

神楽坂
善國寺卍
外濠
神田上水
牛込御門
小野寺屋敷
湯島天神
拡大図 下左
元飯田町
拡大図 下右
化け物稲荷
神田明神
昌平橋
神田
新道一番町
法眼坂
ごみ坂
田安御門
飯田川
一ツ橋
登龍楼
(神田須田町)
内濠
江戸城
神田橋
坂村堂
神田永富町
登龍楼
日本橋
常磐橋
一石橋
伊勢屋
(日本橋
本両替町)
日本橋
大坂屋
元飯田町
清右衛門邸
中坂
つる家
飯田川
九段坂
俎橋《まないたばし》
丸の内
(旧天満一兆庵 江戸店)
八丁堀
白魚橋

『みをつくし料理帖』

主な登場人物

澪《みお》　幼い日、水害で両親を失い、大坂の料理屋「天満《てんま》一兆庵《いっちょうあん》」に奉公。今は江戸の「つる家」で腕をふるう若き女料理人。

芳《よし》　もとは「天満一兆庵」のご寮さん(女将《おかみ》)。今は澪とともに暮らす。行方知れずの息子、佐兵衛《さへえ》を探している。

種市《たねいち》　「つる家」店主。澪に亡き娘つるの面影を重ねる。

ふき　「つる家」の下足番。弟の健《けん》坊は「登龍楼《とりゅうろう》」に奉公中。

おりょう　澪と芳のご近所さん。「つる家」を手伝う。夫は伊佐三《いさぞう》、子は太一《たいち》。

小松原《こまつばら》　謎《なぞ》の侍。辛口ながら澪に的確な助言を与える。今回、正体が判明。

永田源斉《ながたげんさい》　御典医・永田陶斉《とうさい》の次男。自身は町医者。

采女宗馬《うねめそうま》　料理屋「登龍楼」店主。

野江《のえ》　澪の幼馴染み。水害で澪と同じく天涯孤独となり、今は吉原「翁屋《おきなや》」であさひ太夫として生きている。

小夜《さよ》しぐれ

みをつくし料理帖

迷い蟹——浅蜊の御神酒《おみき》蒸し

文化十二年（一八一五年）、睦月《むつき》。

七草を過ぎ、鏡開きも終えて、家々を新年らしく彩《いろど》っていた注連飾《しめかざ》りも外《はず》れた。それを待ちかねたように、年明けから晴天続きだった空模様《そらもよう》が今朝になってあやしくなった。

「雨になるのかしら」

乾かしていた餅網《もちあみ》を取り込むため、店の表に出たつる家《や》の料理人、澪《みお》は、そう呟《つぶや》いて九段坂《くだんざか》を見上げる。

名前の通り段々に続く長い坂が、そのまま暗い雲の中へ飲み込まれてしまいそうだ。日差しが閉ざされたために、坂を吹き抜ける風が一層、身に応《こた》える。

ごほごほ、と激しく咳込《せきこ》む声が、店の奥から響いてきた。つる家の店主、種市《たねいち》が目を覚ましたようだ。新年早々引き込んだ風邪《かぜ》は、なかなか治まる気配を見せない。澪は心配で両の眉《まゆ》を下げながら、餅網を手に店の中へ駆け込んだ。

調理場は、鍋《なべ》から立ち上る湯気のお陰で随分と暖かい。小豆《あずき》を煮る淡い香り。その中につんと鼻を突く薬湯《やくとう》の臭《にお》いが混じる。見れば、隅《すみ》に置かれた七輪《しちりん》の前に蹲《うずくま》る小さな背中があった。つる家の下足番《げそく》、ふきが、店主のために薬を煎《せん》じている。

「澪姉さん」

背後から覗《のぞ》き込んでいる澪に気付くと、ふきは辛《つら》そうな顔をして、内所《ないしょ》を目で示した。襖《ふすま》の向こうで、湿った咳がまだ続いている。

「あとは私に任せて。ふきちゃんはお餅を焼く用意をお願い」

澪は少女の手から団扇《うちわ》を取って、代わりに餅網を差し出した。

内所の前で、旦那《だんな》さん、と小さく呼びかけてから襖を開く。真ん中に布団《ふとん》が敷かれたままの室内。夜着《よぎ》を羽織《はお》り、背を丸めて火鉢を抱え込んでいた種市が、顔を上げた。土色の顔に白い無精《ぶしょう》ひげが心許《こころもと》なく伸びている。ああ、お澪坊か、と掠《かす》れた声で言い、やれやれ、と首を振ってみせた。

「風邪がこんなに辛《つれ》ぇもんとは思わなかったぜ」

再び咳込み始めた種市の背中を、手を伸ばして撫《な》でさすりながら、本当にお辛そうだわ、と澪は一層、眉を下げた。咳の合い間に、老人は声を絞る。

「何が辛い、って呑《の》めねぇのが辛ぃ。もう酒の味も忘れちまったよぅ」

背中をさすっていた手を止めて、澪は、まあ、と呆《あき》れてみせる。

「お酒は我慢してくださいね、旦那さん。源斉《げんさい》先生もそう仰《おつしや》ってましたし」

代わりにこれをどうぞ、と差し出された薬湯を、種市は顔をしかめて何とか飲み下した。

「こんな不味《まず》いもんばっかり飲んでりゃあ、そのうち本物の病人になっちまうよう。お澪坊、そろそろ旨《うま》いもんを食わせてくんな」

本物の病人のくせにそんなことを言って、澪に手を合わせてみせる種市である。店主に食欲が戻ったのを知り、澪は安堵《あんど》して頷《うなず》いた。

勝手口の方から「お早うさんだす」という鈴を振るような声と、「旦那さんの具合はどうなんだい」とふきに尋ねる大きな声が響いて、お運び役の芳《よし》とおりょうが揃《そろ》ったことが知れた。こうしてつる家は、店開けまでの忙《せわ》しない刻《とき》を迎えることとなった。


「粥《かゆ》なんて食うのは江戸っ子の名折れ、とまぁ、そう思っちゃいるんだが」

入れ込み座敷で、昼餉《ひるげ》を食べ終えたお客のひとりが、ゆっくりと箸《はし》を置いた。

「ここで食う粥だけは別だ。何と言うか、こう、腹が温《ぬく》もって寿命が延びる気がする」

そうとも、と知り合いでもないのに、別のお客が相槌《あいづち》を打つ。

「小正月《こしょうがつ》にここで小豆粥を食う、それだけでこの一年、息災で過ごせそうだ」

朱鉢の中、淡い桜色に染まったお粥には、焦《こ》げ目のついた小ぶりの焼き餅が浮いている。そして真ん中に砂糖がごく控《ひか》え目にひと匙《さじ》。その砂糖を全体に混ぜてから、口に含む。ほんのりした甘みを感じるのだろう、強面《こわもて》の職人たちが邪気のない子供のような表情を見せる。調理場の間仕切りからその様子を覗いて、良かった、と澪はほっと胸を撫で下ろした。

故郷の大坂ではお粥が好まれ、日常的に食《しょく》されていた。味付けは塩である。従って小正月に食す小豆粥も塩味であった。この江戸では、そもそもお粥自体があまり好まれない。江戸っ子《かっ》は銀しゃりをそのまま食べる、という贅沢《ぜいたく》に拘《こだわ》った。冬至《とうじ》や小正月には縁起を担いで小豆粥を食するけれど、その場合もたっぷりの砂糖で、甘くして食べるのだ。当初は甘いお粥に慣れず、随分と苦労した澪である。

昨年の冬至に小豆粥を供する時、米の持つ本来の甘みを殺さず、小豆の旨みを引き出すほど良い甘さに仕上げたところ、好評を博した。この度《たび》はさらに工夫を重ねて、砂糖をひと匙のせて仕上げることで、眼《め》からも甘みを感じるようにしたのだ。

「お客さんにもええ評判やで、澪」

膳《ぜん》を下げてきた芳が、にこやかに頷いてみせた。

「そうともさ、ちょいとそこから覗いてごらんよ」

おりょうが、入口に続く土間の方を澪に示す。座敷に上がる順番を待って、お客が列をなしていた。小正月のこの日、つる家の小豆粥を求めるお客が途切れることはなかった。

「今日も御苦労さんだったなぁ」

六つ半（午後七時）に暖簾《のれん》を終《しま》い、澪と芳とが帰り仕度《じたく》を整えていると、種市が内所からよろよろと現れた。

「今、ふき坊にそこの番屋まで焼き芋を買いに行かせたからよ、ここで食うなり、持って帰るなりしてくんな。そろそろ焼き芋も食い納めだからよぅ」

それから、と種市は咳込みながら声を低めて続けた。

「明日は藪入《やぶい》りだろ？　こいつぁ、ふき坊には内緒にしてあるんだが、りうさんに言って、健坊《けんぼう》をうちに連れて来てもらうことになってるのさ。ふたりもそのつもりで居てくんなよ」

まあ、と芳と澪は笑顔になる。ふきの弟の健坊は姉と離れてひとり、登龍楼《とりゆうろう》で奉公しているのだ。昨秋、登龍楼を飛び出して大騒ぎになったが、年が明けて健坊も八つ。藪入りをつる家で過ごしても、里心がついてふきを困らせることもないだろう。

「ほんにありがたいことでおます、旦那さん」

種市に向かい、芳は深々と頭を下げた。澪もこれに倣《なら》う。何も知らないふきが、軽い下駄の音をさせ、焼き芋を胸に抱いて戻った。

「大坂に居た頃には、こないお行儀の悪いこと、ようせえへんなんだ」

望月《もちづき》が中天に浮き、ふたりの行く小路《こうじ》を煌々《こうこう》と照らしている。両の掌《てのひら》で包んだ焼き芋を澪に示して、芳は、声を出さずに笑んでみせた。熱々の焼き芋で暖を取ることを恥じらう芳に、澪は口に運びかけていた芋をそっと戻した。金沢町の裏店《うらだな》まではまだ遠く、お腹《なか》の虫は焼き芋の甘い匂《にお》いに、くうくうと鳴いている。

「小豆粥の評判が良うて、ほっとした。けど、ここだけの話、お粥《かい》さんは甘いよりも塩味の方がやっぱり口に合うなあ」

芳の言葉に、へえ、と上方訛《かみがたなま》りに戻って、澪も頷いた。

「お芋さんも、江戸には蒸し芋が無《の》うて焼き芋ばっかりなのが、何や寂《さび》しおます」

寒い冬、大坂では、ほっこり、ほっこり、と蒸し芋を商《あきな》う芋屋の声が通りに響いていた。それが耳もとに蘇《よみがえ》るようで、ふたりは暫《しば》し、黙り込んだ。

大坂には大坂の良さ、江戸には江戸の良さがある。大坂から江戸に移って三年。もうすっかりこちらの暮らしに馴染《なじ》んだはずが、それでも時折り、寄せては返す波のように、郷里が恋しくて堪《たま》らなくなる。もう戻れるはずもない、という諦《あきら》めが一層、そうさせるのだろうか。

「ご寮《りょん》さん」

翳《かげ》った気持ちを振り払うように、頭上の満月を示すと声を弾ませる。

「朝のうちは雨模様だったのに、今はあんな綺麗《きれい》な月が。明日はきっと良いお天気ですね」

足を止めて、芳も天を仰《あお》いだ。常《つね》は冴《さ》え冴《ざ》えと映る月の光が、今夜はふたりの女の寂しさを埋めるように温かい。

「ほんに。ええお月さんや。明日はきっとええ日ぃになるやろ」

翌日のつる家には、暖簾を出した時から、父子連れのお客がちらほらと目についた。藪入りで久々に家に戻った子供と男同士で湯へ行って、あとは美味《おい》しいものでも、という親心なのだろう。炊き上がったばかりの牡蠣飯《かきめし》を捌《さば》きながら、澪は、ふと思いついて店主にこう願い出た。

「子連れのお客さんには、牡蠣飯をお櫃《ひつ》ごとお出ししても良いでしょうか」

澪の意図《いと》を汲みかねながらも、種市はこれを許した。そのため、父子連れのお客には牡蠣飯が小ぶりのお櫃に、小さな杓文字《しゃもじ》と空《から》の飯碗《めしわん》を添えて供された。それ以外のお客には、常よりも大きな丼《どんぶり》を用いる。

「おい、向こうの客が櫃で、どうして俺が丼なんだよ」

中にはそう言って怒りだすお客も居た。しかし、誰かがそんなお客に、まあ良いからあれを見てみなよ、と父子連れの方を指し示す。

「たんと食え。そら、ちゃんの分まで食って良いんだぞ。牡蠣をもっと入れてやろうな。何だ何だ、口の端に飯粒がついたまんまじゃねぇか」

若い父親が倅《せがれ》の飯碗に牡蠣飯を装《よそ》い、何くれとなく世話を焼いている。息子の方も、日頃の厳しい奉公を忘れて、大っぴらに甘えた。

その情景をありし日の自身の姿に重ねる者も多いのか、つる家のひとり客たちは、切ないような眼差《まなざ》しを父子連れに送っていた。

昼餉時を過ぎ、客足も落ち着いた頃、つる家の店先にひと組のお客が立った。

「おいでなさいませ」

迎え入れるために暖簾を捲《めく》ったふきは、そこに健坊の姿を見つけて棒立ちになる。

「おや、小さな下足番さん、早くあたしたちを中へ入れてくださいな」

薄紫の地に宝尽くしの晴れ着を纏《まと》ったりうが、歯のない口を窄《すぼ》めて笑ってみせた。

「今日はお世話になります」

調理場へ通されて板敷に正座すると、健坊は、ぺこりと頭を下げた。弟の折り目正しい挨拶《あいさつ》を聞いて、ふきは手の甲で瞼《まぶた》を拭《ぬぐ》っている。

真新しい藍《あい》色の木綿《もめん》の綿入れ、同色の股引《ももひ》き、そして白足袋《たび》。小倉帯《こくらおび》の結び目には真っ白の扇子《せんす》が差してある。何処《どこ》から見ても一人前の藪入り小僧の晴れ姿だった。澪と芳はそっと視線を合わせて頷き合う。色々と経緯《いきさつ》のあった登龍楼だが、奉公人への待遇が極《きわ》めてまともなことに、ほっと安堵したのだ。

よく来た、よく来た、と種市が上機嫌で洟《はな》を啜《すす》れば、おりょうはおりょうで、

「下足番はあたしが替わるから、ふきちゃん、今日は日暮れまで健坊とゆっくり過ごしな」

と、提案した。姉弟で何がしたいか、皆から問われて健坊は暫《しばら》くもじもじしていたが、やがて小さな声で言った。

「おいら、姉ちゃんと一緒に下足番をやりたい」

意外な返答に大人たちが顔を見合わせたその時、店の入口で怒鳴り声が響いた。

「一体、何だ、この店は。誰も迎えに出て来ないとは、まったくもってけしからん」

戯作者《げさくしゃ》清右衛門《せいえもん》の罵声《ばせい》に続いて、まあまあ、とこれを宥《なだ》める版元坂村堂《はんもとさかむらどう》の声も届く。

慌てて調理場を飛び出すふきに、健坊も従った。

「何だ、この小僧は」

声を尖《とが》らせる清右衛門に、ふきはおどおどと弟であることを告げる。事情を聞いて
不愉快そうに鼻を鳴らした清右衛門だが、食事を終えて帰る際に、背後の坂村堂を振り返って、

「下足番に駄賃くらいくれてやっても罰《ばち》は当たらんぞ」

と、言い捨てた。坂村堂はほろ苦く笑いながら、それでも懐《ふところ》から小銭を取り出して健坊に握らせてやった。

澪は澪で、せめても、と姉弟のために牡蠣雑炊《ぞうすい》と風呂吹《ふろふ》き大根、鮃《ひらめ》の刺身の余りをまかないとして整え、頃合いを見てふたりに声をかけた。調理場の板敷に並んで座り、周囲に気兼《きが》ねしながらも、姉弟の遅い昼餉が始まる。

「ほら、健坊、姉ちゃんの分も食べな。ああ、駄目じゃないか、こんなに汚して。せっかく登龍楼の旦那さんがくださったお仕着《しき》せを」

ふきがあれこれと健坊の世話を焼く様子を、つる家の面々は邪魔をせずにそっと見

守る。姉弟が膝《ひざ》をくっつけて座っているその場所は、ぬくぬくした陽《ひ》だまりに映った。冬に比べて少しばかり日は長くなったものの、それでも藪入りの終わる夕暮れまでは、あっと言う間だった。

「さあ、ほな、そろそろ健坊を登龍楼に送り届ける用意をしまひょか」

ほかの誰も言い出せない台詞《せりふ》を、芳がさり気なく言って、皆を促《うなが》した。

「澪、健坊に持たして帰すお握りを用意しなはれ。旦那さん、登龍楼までは私が付き添いますよって、どうぞ休んでおくれやす。ふきちゃん、お前《ま》はんも一緒に送っていくか？」

途端に項垂《うなだ》れた姉弟を、芳は腰を落として抱き寄せた。

「藪入りは年に二回。今日の楽しさを忘れんよう大事に胸にしまって、次の藪入りまで骨惜しみせんと盛大に働くのやで」

芳の言葉に、健坊は涙目になりながらも、しっかりと頷いてみせた。

つる家の表へ出ると、夕陽が天を真紅《しんく》に焼いていた。それが飯田《いいだ》川に映り、俎橋《まないたばし》を境に天も地も赤く燃え立つようだ。何もかもが紅《くれない》に染まって見える中を、健坊を間に挟んで、芳とふきが橋を渡っていく。

橋の袂《たもと》で皆の後ろ姿を見送っていた種市が、お澪坊、と低い声でその名を呼んだ。

「お澪坊、俺にもしものことがあったら」

突然の台詞に、澪ははっと息を呑んで隣りの店主を見た。種市は橋上の三人に視線を向けたまま、小さく吐息をつく。

「俺も六十七だ。身体《からだ》も随分弱っちまった。俺《おら》ぁ死ぬのは恐《こわ》かねぇのさ。けど、俺が死んで店が潰《つぶ》れるのが辛《つれ》ぇ。つる家は、俺にとって、おつるが生きた証《あかし》だからな」

風邪が重く、長引いたことが、種市を気弱にさせたのだろう。澪はどう応えて良いかわからず、両の眉を下げて俯《うつむ》くばかりだ。そんな娘に向き直り、種市は澪の瞳《ひとみ》を覗き込んだ。

「なあ、お澪坊。俺にもしものことがあったら、お澪坊がつる家を継いでくれめぇか。ご寮さん、ふき坊、それに健坊……皆でつる家を続けてもらえめぇか」

「旦那さん、そんな縁起でもないこと、仰らないでください」

小刻みに身体を震わせながら、澪は種市に訴《うった》える。幼い日に両親を失い、三年前、この江戸で主《あるじ》の嘉兵衛《かへえ》を失った。これ以上、大事な誰かを亡くすことなど考えたくなかった。悲愴《ひそう》な面持《おもも》ちの娘を見て、種市は、済まねぇ、と白髪《しらが》頭を掻《か》いた。

「不安にさせるようなことを言っちまって、悪かった。けどまあ、今のは俺の本音《ほんね》なのさ。お澪坊の頭の隅にでも置いといてくんな」

あさーりぃ　あさりぃ
あさーりぃ　あさりよっ
金沢町の裏店のあちこちの部屋から、飯を炊く甘い香りが漂っている。豆腐や青菜、魚の棒手振《ぼてふ》りはとうに立ち寄ったあとで、最後に来たのが、浅蜊《あさり》売りだった。

桶《おけ》の中に浅蜊がみっしり。まだ小ぶりだが、ぴゅっと可愛《かわい》らしく潮を噴く姿も良い。澪は桶の脇にしゃがんで、じっと見とれていた。昨夜は種市の言葉がずっと胸に残って、あまり眠れなかった。浅蜊の姿に慰《なぐさ》められる思いだった。

「買うのかよぅ、買わねぇのかよぅ」

焦《じ》れたのだろう、まだあどけなさの残る若い棒手振りが、声を荒らげる。

「ああ、ごめんなさい、少しだけ買わせてね」

今から砂出しするのだから朝餉《あさげ》には間に合わないが、ふたり分の味噌汁《みそしる》に入れる浅蜊を求めた。部屋へ持ち帰り、桶に塩水を作って砂出しの準備をする。大坂ではほとんど獲《と》れないこともあり、食べる機会の少なかった浅蜊を、今は実によく食べる。芳も澪も大好物の食材になった。

水を触りながら、もう冷たくなくなった、としみじみありがたく思う。澪は、ふと、左手の指に目を落とした。昨年末、登龍楼との料理対決の最中《さなか》に出刃包丁で、人差し指と中指とを傷つけた。医師の源斉に傷口を縫ってもらい、既《すで》に抜糸《ばっし》も終えている。もう傷は塞《ふさ》がっているのに、二本の指が未《いま》だに痺《しび》れて、指先に血が通っていない感じがする。水が凍《こご》えて冷たい時はそう気にならなかったのに。左手を桶から出し、水が滴《したた》るのも構わず、そっと指先を唇に当ててみた。やはり二本の指だけが氷のように冷たく感じた。曲げ伸ばしは、まだ恐くて出来ない。幸い、利き手ではないから、不便ではあるが我慢できないほどではない。しかし……。

ちゃんと動くようになるのかしら。

胸に芽生《めば》えた不安を、軽く首を振ることで払った。怪我《けが》をしてからまだひと月経《た》ってないのだ。源斉からも完全に良くなるまでには少し時がかかる、と言われている。井戸端《いどばた》から戻る芳の下駄の音が聞こえてきた。大丈夫、きっと大丈夫。自身にそう言い聞かせ、明るい顔で芳を出迎えた。

「咳も取れたようですし、もう心配要《い》りません。お店に立たれても構いませんよ」

つる家の内所。診察を終えて、桶の湯で手を濯《すす》ぎながら、源斉はにこやかに言った。内所の前で待機していた奉公人たちは、一斉にほっと安堵の息を吐く。

襟《えり》を掻き合わせながら、種市が浮き浮きと尋ねた。

「源斉先生、てぇことは、酒も……」

「呑みすぎなければ、良いでしょう」

ひゃっ、と喜びの声を上げて、

「聞いたろう、お澪坊、早速今晩から旨い肴《さかな》を頼むぜ。今から涎《よだれ》が出ちまうよぅ」

と、涎を拭う仕草を見せる店主である。

「くれぐれも呑みすぎないようにお願いしますよ。身体を温めて、寝付きをよくする程度に留《とど》めてくださいね」

釘《くぎ》を刺す源斉に、種市は神妙に頷いてみせる。

「年寄りは眠りが浅いなんて言いますがね、あっしなんてのは酒が入ると朝までぐっすり。揺すろうが叩《たた》こうが目が覚めないんでさあ。咳で寝られねぇのも辛いが、酒が無くて寝られねぇのも、なお辛い。なまじ酒の味なんぞ知らない方が幸せでさぁ」

店主の言い草に、あんなにこちらを不安にさせておいて、と澪は呆れる。それでも種市が元気になってくれたことが何より嬉《うれ》しくて、くすくすと笑いだした。

「澪さん、ちょっと指を診《み》せてください」

店の表まで見送りに出た澪に、源斉が掌を差し伸べる。澪の左手を取り、慎重に人差し指と中指に触れた。

「痛みますか？」

「はい。でも、痛みよりも痺れが酷《ひど》いです」

答えて、澪は目を伏せる。

確かにこの指が元通りに動くのか否《いな》か――源斉に問うべきなのに、何故《なぜ》かそれを尋ねることが躊躇《ためら》われるのだ。

「縫いましたからね。痺れが取れるまでには、どうしても時がかかる」

源斉は自身に言い聞かせるような口調で応えて、澪の手を放した。

「そうだ、化け物稲荷《いなり》に楠《くすのき》がありましたね。あの葉を摘《つ》んで乾かしたものを湯に入れて、指を温めてみてください。少しは楽に……」

言葉途中で源斉は、自分の額《ひたい》に軽く手を当てた。源斉先生、と澪は呼んで、医師の顔を覗き込む。気のせいか、青ざめて見えた。

「源斉先生、大丈夫ですか？」

「大丈夫、少し立ちくらみがしただけです。昨日、夜更《よふ》かしをしてしまったものですから」

医者の不養生《ふようじょう》ですね、と源斉は恥ずかしそうに白い歯を見せた。

そう言えば以前、源斉の家を訪ねた時に、徹夜で読んだらしい書物が、何冊も広げたまま置かれていた。患者を診て、おまけに身を削るように医術の勉強もして、身体を壊さない方が不思議なのだ。

「源斉先生、中でお休みになってください」

両の眉を下げて懇願する娘に、源斉は、大丈夫ですから、と言い置いて、割にしっかりした足取りで帰っていった。

源斉先生はきっと、次の患者のところへ駆け付けるのだろう。澪はその遠ざかる背中にそっと頭を下げた。

「ありがてぇなぁ」

暖簾を終《しま》ったあと、包丁を研《と》ぐ澪の傍《そば》で、店主はぐっと盃《さかずき》を空けて吐息をついた。

「咳は出ねぇし、酒は旨《うめ》ぇ。おまけに明日は、今年初めての『三方《さんぽう》よしの日』だ。三日と十三日が両方とも飛んじまったから、皆、楽しみにしてるに違《ちげ》ぇねぇや」

そう言って、脇に貼《は》られた暦《こよみ》をうっとりと眺めている。ええ、と澪も口もとを緩《ゆる》ませた。

「小正月までは『三方よしの日』をお休みしてましたからね」

　普段は酒を出さないつる家だが、「売り手よし」「買い手よし」「世間よし」の「三方よし」に因《ちな》んで、月に三度、三のつく日の夕刻から、とびきり旨い肴と酒を商うのだ。

「今年も、お澪坊と又《また》さんが旨い肴を作ってくれる。俺ぁ、本当にありがてぇ。明日はどんなもんが食えるのか、ああ、こいつぁ涎が出ていけねぇや」

　店主が上機嫌で呟くのを耳にした澪は、包丁を研ぐ手を止めて、思案顔になる。今年初めての「三方よしの日」だ、やはり茶碗蒸しは外せない。百合根《ゆりね》もうかうかしていると旬《しゅん》を過ぎてしまうだろうし、あとは……。

「旦那さんなら、今の時期、お酒の肴に何が出てくると嬉しいですか？」

　澪に問われて、種市は皺《しわ》の中に埋もれてしまいそうなほどに目を細める。

「嬉しいことを聞いてくれるじゃねぇか。俺ぁ、今なら浅蜊よ。浅蜊って奴ぁ味噌汁の具にして旨い、葱《ねぎ》を入れて熱い飯にぶっかけたら、なお旨い。剝《む》き身にしたのを串《くし》に刺して焙《あぶ》って旨ぇ、佃煮《つくだに》にして旨ぇ。考えただけで、もういけねぇよぅ」

　明日はとびきり良い浅蜊を仕入れてくるぜ、と、店主は涎を拭った。

　調理台の桶を覗いて、又次《またじ》が、ほう、と感心した声を洩《も》らす。

「深川の浅蜊だな。こりゃまた大量に仕入れたもんだ」

ついこの間までまだ小さい、と思っていたが、すでに旬。ただ、まだ殻が薄いので扱いに気をつける必要があった。貝を笊《ざる》に取り、笊ごと塩水を張った桶に入れ、そこへ包丁の刃を浸《つ》ける。

「夕餉《ゆうげ》の仕込みをする頃には、砂を吐き終わってますね」

「ああ、で、何を作るんだ？」

「お味噌汁が美味《おい》しいんですけど、お酒の肴にはなりませんから」

澪の返事に、又次は首を横に振る。

「確かに汁ものは腹がだぶつくが、貝の味噌汁だけは別格だ。ことに、呑んだあとの浅蜊の味噌汁の旨さときたら、こたえられねぇぜ」

「お、さすが又さんだ、わかってるねぇ」

料理人の会話に、店主が割り込んだ。

「そのうち三つ葉が伸びてきたら、刻んで吸い口にすりゃ言うことねぇや」

そういうものか、と酒を嗜《たしな》まない澪は、妙に感心する。

「さて、と。それじゃあいよいよ、今年初めてのこれを貼ってくるか」

三方よしの日、と書き上げたばかりの紙を手に、店主はいそいそと調理場を出ていった。表格子《ごうし》にその紙が貼りだされたのだろう、店の前でどっと歓声が上がるのが聞こえて、ふたりの料理人は表情を引き締めた。

その日、七つ（午後四時）の鐘が鳴ると同時に、旨い酒と肴を求めるお客で、一階の入れ込み座敷、二階の小部屋、全《すべ》てが埋まった。

「ありがてぇ」

茶碗蒸しを食べていたお客が、匙を置いて、つくづくと言った。

「今日あった嫌《いや》なこと辛《つれ》ぇことを、このとろとろ茶碗蒸しが全部帳消しにしてくれた」

わかるぜ、と隣りのお客が頷く。

「たとえ酷《ひど》い一日だったとしても、その終いに、こんな料理で酒を呑めりゃあ、とりあえず明日も生きてみるか、と思える」

調理場に注文を通しにきた種市が、ありがてぇのはこっちだよぅ、と洟を啜った。

又次は困った顔で、先ほどから葱を刻んでいる。

鍋に味噌を溶き入れようとして、澪は、あら、と声を洩らした。

「どうしたい、お澪坊」

種市が横に来て、澪の手もとを覗いた。口を開いた浅蜊の中に、小さな蟹《かに》が居た。

種市は、その浅蜊を玉杓子《じやくし》で掬《すく》って掌に載せた。白く茹《ゆ》だったそれは、小豆粒ほどの可愛らしい姿ながら、一人前にちゃんと蟹の形をしている。

「何だ、迷い蟹か」

「迷い蟹？」

首を捻《ひね》る澪の姿に、又次が笑いだした。

「大坂じゃあ浅蜊は滅多と食わないそうだから知らねぇだろうが、殻の中に迷い込んで蟹が棲《す》むのは、そう珍しいことじゃねぇぜ」

又次の言葉に、うんうん、と頷いて種市、

「『今朝買った　浅蜊の中に　迷い蟹』ってな。もっとでかい貝を選んで棲みゃ良いのによぅ」

俺の腹ん中で成仏しなよ、と蟹を摘《つま》んで口の中へ入れてしまった。

この夜、年明け初の「三方よしの日」を求めてつる家を訪れた大勢のお客たちは、最後の締めに浅蜊の味噌汁を堪能《たんのう》して、満ち足りた顔で帰っていった。

暖簾を終う間際になって、あたかもその刻を待っていたかのように、ひとりの白髪の老婆がつる家の入れ込み座敷へ上がり込んだ。卒中風《そっちゅうふう》のあとだろうか、右半身が少し不自由なようで、軽く足を引き摺《ず》っている。老婆は、芳の案内を無視して、部屋の中ほどに座る。

疲れ果てて調理場の板敷で伸びていた種市は、間仕切りの間からこっそり座敷を覗くと、なぁんだ、最後のお客は婆さんか、と幾分残念そうに呟いた。

こんなに遅くに、しかも女のひとり客……。嫌な予感がして、澪は、先ほどから黙々と包丁を研いでいる又次を見た。

「酒を出すとなると、色んな客が来る」

何でもない、というように又次は頭《かぶり》を振ってみせた。

熱い酒と、浅蜊の味噌汁。懐が寂しいのか、女の注文はそれだけだった。調理場に背中を向けて、ぎこちない左の箸使いで、ちびちびとそれらを味わう。もとは市松染《いちまつぞ》めだった袷《あわせ》は、白いところが汚れて別の模様に見えた。生業《なりわい》は暦売りか、脇に置いた風呂敷包《ふろしきづつ》みから暦が重なって覗いていた。

随分と尻の重そうなお客だ。この分だと木戸が閉まってしまう。これから吉原まで戻る又次のことを思い、澪は弱って眉を下げた。その時。

「酒と味噌汁だけで二十四文《もん》。ぼろい商売だねえ。浅蜊なんざ、ただみたいなもんだろうに」

少し聞き取りにくいが、悪意に満ちたしゃがれ声が入れ込み座敷に響く。

「酒にしたって水で薄めてんじゃないのかい。ろくでもないよ、こんな店」

畳み込むように、老婆は吐き捨てた。つる家の面々は、軽く息を詰め、それぞれの仕事の手を止めて座敷を覗き見る。

最初に動いたのは種市だった。何だと、と呻《うめ》くなり、調理場を転げ出て入れ込み座敷へ向かう。いけない、と澪が制止する隙《すき》もなかった。

又次が、研いでいた包丁を脇へ置いて、ゆっくりと前掛けで手を拭《ふ》いた。そのまま座敷へ向かおうとする男を、芳がさっと止める。

「又次さん、お前《ま》はんは出たらあきまへん。大ごとになってしまいます」

ここは私に、と頷いてみせて、芳は座敷へ向かった。大坂の名料理屋、天満一兆庵《てんまいっちょうあん》のご寮さんだった芳は、こうしたお客の扱いにも慣れている。澪はことが丸く収まるのを信じ、半《なか》ば安心して入れ込み座敷の様子を見守った。

「ぼろい商売だと？」

老婆の前へ回り込んで、種市は激昂《げきこう》する。

「おまけに酒を薄めてるたぁ、聞き捨てならねぇ。事と次第によっちゃあ」

頭を上げて、老婆が店主を見た。その顔を見て、種市が、おや、と不思議そうに言葉を切る。芳が、旦那さん、と柔らかな声で気遣《きづか》ったが、種市は老婆をじっと見つめたまだ。やがて、はっと息を呑む気配があった。

「……お連《れん》」

それが女の名なのか、短く呼んだ種市の顔から血の気が失《う》せ、形相《ぎょうそう》が一変した。

「おや、よく覚えておいでだこと。昔の女房の名なぞ、とうの昔に忘れちまったかと思ってましたよ」

お連は膳を脇へ押しやり、億劫《おっくう》そうに立ち上がる。

騒動になる、と思った澪と又次は慌てて座敷の芳の傍へと向かった。お連は種市の眼前で店の中を舐《な》め回すように見たあと、ちらりと澪たちに視線を投げる。

「結構な店じゃないか。もとの店より大分と立派だ。奉公人までこんなに置いて。さぞや儲《もう》けてることだろうねぇ。あたしとは偉《えら》い違いさ」

言って、お連はすっと種市にすり寄った。

「昔の誼《よしみ》で、ちょいと助けておくれでないか。睦月も末になると、暦なんざ売れやしない。ちょっとで良いんだよ」

先ほどから両の拳《こぶし》を握り締め、身を震わせていた種市が、お連を突き飛ばす。そうして座敷を斜めに駆け、調理場へ姿を消したかと思うと、すぐさま戻った。その姿を見て、芳も澪も驚きのあまり両の掌で口を覆《おお》う。

種市の手には、包丁が刃を上にして握られていた。

「……殺してやる」

憎しみで双眸《そうぼう》が燃え立ち、怒りがその頬《ほお》を引《ひ》き攣《つ》らせている。穏《おだ》やかで愛嬌《あいきょう》に満ちた常の種市とは、まるで別の人間になっていた。

又次がさっと腰を落とし、背後から種市を抱き止める。

「殺しは駄目だ」

だが、胴の動きを封じられても、種市は諦めない。お連めがけ、渾身《こんしん》の力を込めて包丁を投げつけたのだ。

「危ない」

澪は咄嗟《とっさ》に芳を後ろに庇《かば》う。

包丁の切っ先がお連の頬を掠《かす》め、そのまま鋭い音を立てて背後の柱に突き刺さった。

しん、と店の中は静まり返る。誰も何も言わず、金縛《かなしば》りにあったように動けない。

「火の用心、さっしゃりましょー」

つる家の表を、拍子木とともに、のんびりした呼び声が通り抜けた。

それで金縛りが解《と》けたのか、お連は腰を屈《かが》めて風呂敷包みを拾い上げ、左腕だけで胸に掻き抱《いだ》くと、裸足《はだし》のまま土間へ降りて足を引き摺りながら店を出ていった。

種市の身体がぐらりと揺れた。膝から崩れて倒れかけた種市を、又次が素早く支えた。芳が澪の肩に手を置き、下足棚の方を示す。ふきが両手で顔を覆ったまま、がたがたと震えていた。澪は芳に頷いてみせると、座敷を抜けてふきの傍へ行った。澪姉さん、とふきは泣きそうな声で呼ぶと、澪の首にしがみつく。大丈夫よ、大丈夫、と繰り返しながら、澪は少女を両の腕の中に包み込んだ。

「旦那さん、内所の方で、ちょっと横になりまひょなぁ」

芳は種市の隣りに座ると、優しく声をかけてその背中にそっと掌を置いた。又次さん、と芳に呼ばれて、又次は頷くと、種市を軽々と背負う。芳が付き添い、又次に負ぶわれて、種市は内所の襖の奥へと消えた。

その夜は芳の判断で、又次だけが帰り、芳と澪はつる家へ泊まることになった。

「ご寮さん、今夜は私が旦那さんの枕元《まくらもと》に詰めますから」

種市から目を離さない方が良い、と考えて、澪がそう提案すると、芳は首を横に振った。

「こういう時は傍にべったり居《お》らん方がええ。あとでそっと私が様子を見に行きますよって」

一旦《いったん》、言葉を切って考えたあと、芳はこう続けた。

「けど万が一の場合もあるさかい、内所の様子がわかるとこにお布団敷いて、そこで三人、休ませてもらいまひょ」

入れ込み座敷と内所の間の土間に、行灯《あんどん》をひとつ置く。隙間風が行灯の橙《だいだい》色の光を微《かす》かに揺らしていた。夜着の中で震え続けるふきを抱きしめながら、澪は眠れぬまま刻を過ごす。夜半に芳がそっと内所の様子を見に行ったので、澪はしがみつく少女を宥《なだ》めて寝床を抜けると、芳の戻りを待った。

「ご寮さん、旦那さんは……」

澪に問われて、芳は難しい顔で吐息をひとつ。そして、夜着にくるまって震えているふきに気付くと、低い声でその名を呼んだ。

「ふきちゃん、話があります」

はい、とふきは布団から出て、芳の前に正座した。身体の震えはまだ収まらない。

澪は邪魔にならぬよう、芳の後ろに控えた。

「お前はん、幾つにならはった」

「十四です」

ほうか、もう十四か、と芳は深く頷いた。

「ほんならもう充分に分別のつく歳《とし》や。旦那さんの一面だけを見て、むやみに恐がるのは止《や》めなはれ」

幾分、厳しい口調だった。ふきが息を詰めて芳を見る。芳は少女の視線を真《ま》っ直《す》ぐに受け止めて、噛《か》んで含めるようにこう続けた。

「世の中には、色んなひとが居てはる。他人を傷つけることに躊躇《ためら》いのない者、身勝手な理由で恨む者……お前はんが登龍楼でえらい目ぇに遭《あ》わされた末松《すえまつ》がそれや。けれど、大方のひとはそうやない。互《たが》いを思い、助け合い、風通し良う生きたいと願《ねご》うてる。それでも、心ならず誰かに憎しみを抱くこともある。殺《あや》めてやりたい、と思うほどの憎しみの裏には、他人には言えん、量り知れん苦しみがあるはずなんやで」

風がすっと通った気がして、澪は背後を振り返った。内所の襖が微かに開いていた。澪には襖の向こうで種市が声を殺して泣いているように思えて、そっと目を伏せる。

「すぐにはわからんかて宜《よろ》し。けど、心の隅に、よう留めておきなはれ」

ええな、と念を押されて、ふきはしょんぼりと肩を落とした。

眠れない、眠れない、と思っていたはずが明け方近くになって、うとうとと眠ったようだ。澪は土間にひとが立つ気配にはっと目覚め、半身を起こそうとした。それを芳の腕がさっと止める。芳は、枕元に置いていた綿入れを手に取ると、ゆっくりと立った。

白《しら》み始めた外の明かりが節々《ふしぶし》から差し込み、朧《おぼろ》に土間を照らす。そこに種市が悄然《しょうぜん》と背中を丸めて立っているのが見えた。

「旦那さん、喉《のど》が渇かはったんやおまへんか？　お水汲んでお持ちしますさかい」

ゆったりと柔らかな声で呼びかけると、芳は土間へ下りた。芳の手が種市の背に触れた途端、種市は頭を抱え、土間へ蹲《うずくま》って獣《けもの》のように呻いた。呻き声は、たちまち号泣となった。

芳は焦《あせ》らなかった。暫く泣くに任せてから、その身体を支えて立たせ、開いたままの内所の敷居に並んで座る。そうして種市の背中を優しく撫で続けた。嗚咽《おえつ》は次第に途切れ途切れとなり、やがて種市は苦しげに声を絞った。

「ご寮さん、聞いちゃあくれめぇか……」

丁度、二十年前の今頃の季節だった。

神田御台所町《かんだおだいどころまち》の蕎麦《そば》屋「つる家」の店主は、店開け前に突然、別れた女房の訪問を受け、まさにその女、お連に煙管《キセル》を投げつけようとしていた。

「お父っつぁん、乱暴は止して」

おつるが必死に父親の腕を摑《つか》む。お連はというと、おつるが運んだお茶を不味《まず》そうに啜っていた。その姿がまた、種市の癪《しゃく》に障《さわ》る。

思えばこのお連という女、深川で飯盛《めしも》り女をしていた経緯があるとはいえ、所帯を持っておつるが生まれてからも身持ちが悪く、男の出入りが絶えなかった。そして、おつるが六つの時に、若い男と出来て、家を飛び出したきり、今日まで行方《ゆくえ》知れずだったのだ。

「おつると暮らしたいだと？　寝言なら寝てから言え。まだ餓鬼《がき》みてぇな男と出来て、おつるを捨てて逃げやがったくせに」

お連は湯飲みを置くと、唇を曲げて笑った。

「そうやって自分のことは棚に上げるとこなんざ、昔とちっとも変わってやしない。お前さんだって、そうそう褒《ほ》められた亭主じゃなかったはずさ」

腕の良い蕎麦打ち職人と聞いていたが、いざ所帯を持ってみれば三度の飯より賭場《とば》が好き。稼ぎも当然、博打《ばくち》に注《つ》ぎ込む。節季《せっき》払いの日には取り立てから逃げ回るのが恒例になっていた、とお連は吐き捨てる。

「あたしゃ、随分と苦労をさせられたんだがねぇ」

痛いところを突かれて、種市はおつるの手前、むっつりと黙り込んだ。父親の窮地を見かねたのか、おつるが遠慮がちに言った。

「でも、お父っつぁんは、おっ母さんが出て行ってからは、賭場とはすっぱり縁を切り、こうして店も持って、男手ひとつであたしを育ててくれたわ。最初の頃、おっ母さん恋しさにあたしが泣いてばかりいたから、お父っつぁんは苦労だったと思うの」

これにはお連も気詰まりな顔になる。重い沈黙が流れた。

目を合わせるのが嫌なのだろう、お連がそっぽを向いているのを幸いに、種市はもとの女房をしげしげと眺めた。深川で飯盛り女をやっていた頃、すでに大年増《おおどしま》ではあったが、それでもしっとりと潤《うるお》って吸いつくような柔肌《やわはだ》や、手入れの良い艶《つや》やかな髪で、客を引き寄せていた。今、目の前に居るのはその頃の女とは別人だ。艶のない髪には白いものが目立ち、縮緬《ちりめん》皺に塗り込んだ白粉《おしろい》で顔中が粉を吹いたようだ。湯飲みを持つ手の甲にはみみずが這《は》ったような筋が浮いていた。おまけに前歯が欠けて、四十五という年齢以上に老けて見える。おつるにしても、記憶の中にある母親と、今、目の前にいる女との差があまりに激しく、戸惑いを隠せない様子だった。

「娘を捨てやがったくせに、今になって一緒に暮らしてぇとは一体どういう了見だ」

とにかく目の前の女を追い返したい一心で、種市は尋ねた。するとお連は身を乗り出して、おつるの手を取った。その時、住まいを書きつけたものをおつるの手に握らせたことに、種市は気付かなかった。

「おつる、お前、十七だってのに化粧もしてないじゃないか。白粉の塗り方、紅《べに》の差し方、男親じゃあ教えられないからねぇ」

帯だって、と言いかけて、お連はおつるの背中を見る。

「ほうら、やっぱり。こんな地味な結び方しか知らない。こういうことは女親じゃないと教えてやれないんだよ」

お連の言葉に、種市は虚《きょ》を突かれた。確かにそうしたことに気を配ったことは一度もなかったのだ。男親のそんな気持ちを見透《みす》かしたのか、お連は今度は種市に向き直った。

「お前さん、おつるを嫁にやるつもりなら、女として一通りのことを教えておいてやらないと。この子は器量良しさ。磨けばもっと綺麗になる。どこぞの大店《おおだな》の若旦那に見初《みそ》められるかも知れないってのに、何て勿体《もったい》ない」

へっ、と種市はもとの女房を嘲笑《あざわら》う。

「手前がおつるに仕込みてぇってのはそんなことかよ。まあ、それもそうだな、料理にしろ裁縫にしろ、手前は自分じゃ何ひとつ満足に出来なかったくちだ」

二度と来るな、と塩を撒《ま》くようにしてお連を追い払ったその日から、おつるの様子が妙になった。店を抜けて、なかなか戻らない。戻っても、ぼんやりと考え込んで、溜《た》め息ばかり洩らすのだ。五日ばかりそうしたあと、おっ母さんと暮らしたい、と切り出されて、種市は絶句する。

「おつる、お前、そんなに俺と暮らすのが嫌か。そんなに身を飾りてぇと思っていたのか」

やっとのことで声を絞り、娘の腕を摑んだ。

「違うわ。お父っつぁん、どっちも違う」

腕を取られたまま、おつるは静かな目で父親を見た。

「おっ母さん、随分痩《や》せてたから気になって。今、どんな暮らしなのか、あたし、こっそり川端《かわばた》の諏訪町《すわちょう》まで見に行ったの。あの時は白粉でごまかしてたけど、本当は随分と顔色が悪くて……。どこか患《わずら》っているのよ。それに多分、今、あまり幸せじゃないから、あたしを思い出したんだわ」

お連は駆け落ちした相手と新たに所帯を持っていた。絵師見習いだった錦吾《きんご》という男は、その後、一人前の絵師となり、著名な版元から挿絵を任されるまでになったという。だが、売れたら売れたで、お連を顧《かえり》みなくなり、家にもあまり寄りつかないのだそうな。ろくに食事も取らず酒びたりのお連のことを、自分を生んでくれたひとだからやはり放《ほう》っておけないわ、とおつるは結んだ。

「じょ、冗談じゃあねぇぜ」

自分とあの女の間に、どうしてまたこれほどまでに心根の綺麗な娘が生まれたのかわからない。わかっているのは、その選択が決しておつるのためにはならない、ということだ。

「俺ぁ許さねぇぞ。お前の家はここだ、ここを出て行くのは嫁にやる時だけだ」

「ずっと暮らすわけじゃないわ。おっ母さんが元気になったら帰ってくるから」

おつるの意志は固く、一年限り、という条件つきで種市も折れざるを得なかった。

どのみち、ろくな台所道具もないはずだから、と鍋釜に茶碗、箸などを揃え、荷車に載せて送り出した。それでも心配で、時折り口実を見つけては近くまで覗きに行く。

母親との暮らしでおつるは確かに変わった。お連の古手《ふるて》らしいが、それでも華やかな色合いの着物や簪《かんざし》がよく似合い、なるほど女親とはそうしたものか、と安堵したのも事実だ。だが、娘らしくふっくらとしていた顔の輪郭が次第に削《そ》がれていくのが心配でならない。事情を尋ねるのだが、おつるは、おっ母さんと幸せに暮らしている、と笑顔で答えるばかりだった。

明日から水無月《みなづき》、という昼下がり。

種市は、おつるの好物の土用蜆《しじみ》の佃煮を持って諏訪町に出向いた。川端の茶屋におつるを呼び出して、心太《ところてん》を食べていた時だ。

「お父っつぁん、あたし、戻っても良いかしら。帰りたいの、つる家へ」

おつるにそう言われて、種市は箸を止めた。

「そりゃ構わねぇが……何かあったのか」

長い沈黙がおつるの葛藤《かっとう》を思わせる。暫くしてやっと、迷いながらも口を開いた。

「あたしと錦吾ってひとの仲を勘ぐって、おっ母さんが辛くあたるの。そんなわけないのに」

おつるが一緒に暮らし始めた途端、錦吾の足が家に向いたこと。戯《たわむ》れに錦吾がおつるの絵を描いたことも、お連の怒りを買ったのだ。

あの下衆《げす》女、ちっとも変わってやがらねぇ。種市は、唾《つば》を吐きたくなった。だが、ふと目の前の娘を見て、あることに気付いた。

お連は、おつるの若さに嫉妬《しっと》しているのだ。便利なように使おう、と手もとに呼び寄せたものの、一日中その若さを見せつけられて、嫉妬の炎に焼かれているのだ。

ざまあみやがれ。

種市の胸に暗い喜びが宿る。お連が十四も下の若僧と駆け落ちした、と知ったあの日の狂おしさ、口惜《くや》しさ。そのお連が今、若い娘、それも実の娘への嫉妬に狂っているのだ。こんなに愉《たの》しいことがあるだろうか。加えて、自分よりもお連との暮らしを選んだおつるのことを少しばかり懲《こ》らしめたい、という歪《ゆが》んだ感情もあった。

「うちに戻るのは構わねぇぜ。ただ、約束は一年だったろ？」

種市は、一本箸で器用に心太を掬《すく》いながら、思案顔になってみせた。

「せめて半年は辛抱しちゃあどうだい。なぁに、あとひと月のことだ」

それくらい我慢できるだろ、と父親に言い含められて、おつるは小さく頷いた。

そして半月後に、事件は起こった。

隔年に行われる山王祭《さんのう》がその年は休みで、江戸の町は水無月の十五日といえども静かだ。その朝、お連がつる家に捻《ね》じ込んできた。

「おつるが来てるはずさ。そうだろ？」

「何の話だ」

出そうとしていた暖簾を戻して、種市は、お連の襟を摑んだ。

「手前がいびり出しやがったのか？　何時《いつ》だ、何時追い出した」

「戻ってんだろ？」

「まだ来ちゃいねぇ」

種市の言葉に、初めてお連の顔に怯《おび》えの色が浮かぶ。昨夜、湯へ行ったきり戻らない、と聞き、種市はそのまま諏訪町まで駆けた。

おつるが自身の意志でお連から逃《のが》れたのなら、必ず自分のもとへ帰るはずだ。帰らない、となると途中で何かあったか、あるいは……。勾引《かどわか》し、という言葉が頭の中をぐるぐると廻《まわ》る。このところ、若い娘が攫《さら》われる事件が続いていた。

番屋へ飛び込んで事情を話す。取り乱した父親の姿を気の毒に思ったのだろう、近所の住人が一緒になって探してくれた。錦吾が呼ばれ、そこで初めて種市は女房の駆け落ち相手と対峙《たいじ》したが、男はおどおどと言葉を濁《にご》すばかりだ。ただ気まずいからではない、何かある。父親の勘が働いた。

「手前、何か隠してやがるな」

種市は錦吾の胸ぐらを摑み、拳で顔を殴り続けた。そこまでして漸《ようや》く、錦吾には多額の借財があり、その形《かた》としておつるを金貸しの隠居のもとへ送った、と吐いた。

「私の絵を見て、おつるを見初めたんですよ。形というと聞こえは悪いが、相手は年寄りであっちの方は役立たず、その上、ちゃんと後添《のちぞ》いにする、という約束なんです。良い暮らしをさせてもらえるはずなんだ」

湯屋から戻るところを無理矢理、駕籠《かご》に乗せて運んだ、と聞いて、種市は錦吾の首に両手をかけた。

「手前、殺してやる」

逆上する種市を宥め、とにもかくにも金貸しの家へ行け、と助言したのは番太郎だった。

番屋から飛び出そうとした折りも折り、亡骸《なきがら》を載せた戸板が運ばれて来た。筵《むしろ》から覗く袖《そで》の色と細い手に見覚えがあった。もしや、と種市が戸板に掛けられていた筵を捲《めく》ると、そこに、抱え帯を首に巻き付けたままのおつるが横たわっていた。辱《はずかし》めを受けることを良しとせず、金貸しの家で自《みずか》ら首を括《くく》って果てたのだという。

そこからあとの記憶はない。どうやっておつるの弔《とむら》いを出したのかも定かではなかった。金貸しは厳しい詮議《せんぎ》を受けたが、自死の事実は動かず、お咎《とが》めなしとなった。勾引しの主犯である錦吾は行方をくらまし、銭で雇われたはずの駕籠かきも見つからない。お連はお連で逃げるように姿を消して、誰もおつるの死を償《つぐな》わなかった。

「あれから二十年。おつるのやつが生きてりゃあ、今年で三十七だ。おつるが家に帰りたい、と言った時に、何故《なぜ》そうしてやらなかったのか、と。それを思うと俺は胃の腑《ふ》が捩《ねじ》れそうになる。あれが死んじまったのは、俺のせいだ。俺のせいなんだ」

朝の陽が差し込むつる家の内所。種市は両手で頭を掻きむしった。芳の微かな嗚咽が、澪の耳に届く。夜着の中で抱き合って、澪もふきも声を殺して泣いていた。

「ろくでなしだった俺が変われたのは、おつるが居ればこそ。信じて寄り添ってくれる誰かが居れば、そいつのために幾らでも生き直せる。ひとってのは、そうしたもんだ。けど、その大事なおつるを、俺のせいで死なせちまった。四十九日が済んだら、俺ぁ死んでおつるの傍へ行こう。そう決めていたんだ」

いよいよ明日が満中陰《まんちゅういん》、という夜。

おつるが夢枕に立って、切々と訴えた。『お父っつぁん、お願いだから家であたしを待っていて。つる家はあたしの家だから、きっと帰る』と。

「まるでおつるがその場にいるような、くっきりとした夢で、俺ぁ自分の泣き声で目が覚めた。暫く、獣みたいに吠《ほ》えて、そこら中をおつるを探して回ったのさ。当たり前だが、何処《どこ》にもおつるの奴は居なかった」

種市は、戦慄《わなな》く口を組んだ指で押さえて、くぐもった声で続ける。

「だが、おつるはきっと姿を変えて帰ってくる。鳥でも蛍《ほたる》でも構わねぇ、おつるは生まれ変わって、きっと俺んとこへ帰ってくれる、そう信じて今日まで……」

　おめおめと生きちまった、と種市はむせび泣いた。旦那さん、と芳は涙声で呼びかける。

「死んだらあきまへん。どないなことがあったかて、おつるさんの願い、叶《かな》えてあげなあきまへん」

　夜着を捲ってふきが布団から飛び出した。泣きながら土間へ下り、そのまま種市の首に縋《すが》る。わあわあと声を上げて泣いて縋る少女を、種市は抱き締めた。


「今日は何だか妙ですね」

　遅い昼餉を食べに来た坂村堂が、膳を運んできたおりょうに、小声で問いかけた。

「ご店主も下足番も、揃って元気がありません。それにご寮さんもいつものような毅《き》然《ぜん》とした覇気《はき》がない」

　そうなんですよ、とおりょうも声を低めて応えている。

「朝、あたしが来た時はもっと店の中が暗かったんですよ。おまけに皆、真っ赤な目をしてるし」

　何があったか、とても聞ける雰囲気ではなかった、とおりょうが言うと、隣りで戯作者清右衛門が、ふん、と鼻を鳴らした。

「大体がこの店はいつも無駄に明るい。化け物のような婆さんや、伊勢屋《いせや》の馬鹿娘が居た日には、目ざわりでならぬ。このくらいが丁度良いわい」

おや、と坂村堂が泥鰌《どじょう》のような髭《ひげ》を撫でながら丸い目を見張った。

「お珍しいですね。清右衛門先生がお庇いになるとは」

「庇ってなどおらぬわ」

戯作者に怒鳴られて、版元は首を竦《すく》めた。冷めないうちに、と気を取り直して、坂村堂は、椀を手に取る。蓋《ふた》を取った途端、ふわりと磯の香りがした。熱い吸い地に海苔《の》《り》が二枚、摩《す》り下ろした山葵《わさび》がちょんと載っている。

ひと口吸って、丸い目をきゅーっと細めた。これは良い、と感心したように頷いてみせる。

「余計なものがない分、これほど新海苔の風味のわかる料理はありません。そろそろ新海苔も終わりですが、何とも粋《いき》な別れを用意してくれたものです」

釣られて清右衛門も椀に口を付けた。出汁《だし》をひと口。ふん、と鼻を鳴らす。

「まあまあだ」

先生は相変わらず厳しい、と坂村堂は笑いながら椀を置いた。

「けれど、気持ちの揺れは料理に如実《にょじつ》に表れるものです。心に屈託や心配事があってもなお、こんなに安定した味に仕上げられる、というのは大したものだと思います」

当たり前だ、と戯作者は吐き捨てる。

「料理人の屈託やら心配事やらは、そもそも客には一切関係がない。銭をもらって料理を出す以上、弁解も弁明も出来ぬはずだ」

怒りながらも清右衛門、芹《せり》の白和《しらあ》えに牛蒡《ごぼう》のかき揚げを次々に平らげていく。結局、一度もその箸が止まることはなかった。

帰り際《ぎわ》、見送りに出た澪を、坂村堂がさり気なく労《ねぎら》った。

「以前の黒胡麻《くろごま》あんのことを思い出しました。随分と成長されましたね」

昨秋、健坊が行方知れずになった時に心が乱れて味付けを仕損じたことがあった。

澪は、恐れ入ります、と頭を下げる。おや、と坂村堂は怪訝《けげん》そうに首を傾《かし》げた。

「顔つきが変わられた。何かあったのですか」

いいえ、と澪はそっと目を伏せた。

おつるを失った種市の深い悲しみや痛みを癒《いや》す術《すべ》は、澪にはない。けれども、料理人として、どんな時も変わらずに美味しい料理を作り続けることで、この店に対する店主の想《おも》いを守りたい、と願う。だが……。

清右衛門と坂村堂の姿の消えた表通りに暫く佇《たたず》んで、澪は、「つる家」と書かれた看板を振り仰《あお》いだ。料理人として、つる家の調理場に立ち続けるならば、天満一兆庵の再建は……。野江《のえ》の身請《みう》けは……。ともすれば揺れそうになる澪の耳に、小松原《こまつばら》の声が届く。

――あれこれと考え出せば、道は枝分かれする一方だ。良いか、道はひとつきり

すっ、と心の重石《おもし》が外れる。

澪は両の腕を広げて、胸一杯に春の空気を吸い込んだ。そう、与えられた場所で一心に精進《しょうじん》を重ね、料理に身を尽くす、という生き方を貫《つらぬ》けば良い。そうすることで、きっと道は拓《ひら》ける。今はそう信じよう。

七つにおりょうがひと足先に引き上げると、そこから暖簾を終う六つ半まで、残る四人で夢中になって働いた。最後のお客を見送ると、種市は、板敷に力尽きたように座り込む。

「ご寮さん、お澪坊、ふき坊。昨日は俺のせいで寝てねぇのに、よく一日頑張ってくれたなあ」

「旦那さんこそ、今夜はもう休んでおくれやす。あとは私らでやりますさかい」

と、芳は店主を労《いた》わった。じゃあ甘えるぜ、とよろよろ立ち上がり、内所へ行きかけて、種市は暫し立ち止まった。

「色々と済まなかった。常の俺に戻るまで、日にちはかかるかも知れねぇが、まぁ、見逃してくんな」

ありがとよ、という言葉を残して、種市は内所の襖の向こうへ消えた。

座敷の片付けをふきと芳に任せて、澪は包丁の手入れをした。最後に、煮洗いした布巾《ふきん》を軒先に干しに出て、ふと、下足棚の前に佇むふきを見つけた。塗り下駄を手に、考え込んでいる様子だ。

「ふきちゃん、その下駄は？」

「あ、澪姉さん」

ふきは、顔を上げて澪を見た。

「昨日の……その……」

口ごもる少女に、澪は、ああ、と思い返す。種市に包丁を投げつけられたお連は、裸足のまま飛び出していった。そのお連のものだろう。澪は手を差し伸べる。

「かしてちょうだい。木拾いの子に持っていってもらうから」

この江戸には、湯屋の焚《た》きつけに使う木片を集める「木拾い」という仕事があった。

大抵は、湯屋に奉公して間もない子供の仕事だ。

種市の目に触れさせたくない。芥箱の前にでも置いておけば、木拾いが勝手に持ち帰ってくれるだろう。澪のそんな思いを汲んで、ふきはこくんと頷くと、下駄を差し出した。

塗りの剝《は》げた、鼻緒《はなお》の黒ずんだ下駄。受け取って、そのまま外の芥箱へ向かおうとする澪を、芳が呼び止めた。

「勝手に始末したらあかん。一応は目ぇにつかんとこへ、置いときなはれ」

戸惑う澪に、芳は続ける。

「世間には、信じ難《がた》いほど恥を知らんおかたも居ってや。下駄惜しさに、のこのこ戻らはることもおますやろ」

芳の言葉に、澪とふきは顔を見合わせた。経験豊かで聡明《そうめい》な芳の言葉ではあるが、今度ばかりは外れてほしい、と澪は心から祈った。

澪の祈りが通じたのか、何ごともないまま、如月《きさらぎ》を迎えた。如月最初の「三方よしの日」も無事に済んだ、翌日。

「あら」

布巾を取り入れるために店の表に出た澪は、鳥の鳴き声に手を止めて、空を見上げた。小さな雲雀《ひばり》が白い腹を見せて、真澄《ますみ》の空を高く低く、楽しげに飛んでいる。

「初鳴きだわ」

澪の声に、ふきが店の中へ、旦那さん、雲雀が、と呼びかける。どれどれ、と種市と芳、おりょうが揃って表に出てきた。

「おお、良い声で鳴いてやがる」

種市がまぶしそうに空を仰いだ。

ぴぃちく　ぴぃちく　ぴゅるる　ぴゅるる

愛らしい鳴き声が、天に吸いこまれていく。

「どういうわけだか、あたしには、あの鳴き声が」

おりょうが、首を捻りながら言う。

「稗《ひえ》食え、稗食え、腹鳴る、腹鳴る――そう聞こえるんだけどねぇ」

おりょうに言われて、澪は耳を澄ます。暫く聞いていると、なるほど、そう聞こえる。四人は顔を見合わせ、吹き出した。

「ほんまだすなあ。確かにそう聞こえます」

芳が言えば、種市が、

「いや、それ以外には聞こえなくなっちまったよぅ。雲雀ってなぁ食いしん坊だな」

と、腹を抱えて笑いだした。種市の横で、ふきも口を押さえて肩を揺らしている。

良かった、とおりょうが小さく吐息をついて、独りごとのように呟いた。

「皆がこんなに明るく笑うのを見るの、久しぶりだよ。ほんとに良かった」

おりょうは、余計なことは一切聞かず、それでも陰で随分と心を砕いていたのだ。

それがわかって、四人はしんみりと黙った。

昼餉時を過ぎたつる家に、珍しく坂村堂がひとりでやって来た。どうも顔色が優《すぐ》れない。

「坂村堂の旦那、どうかなすったんですか?」

種市が見かねて、声をかけた。

「実は、清右衛門先生に漸《ようや》く戯作を書いて頂けることになったのですが」

まあ、とおりょうが嬉しそうに目を輝かせる。坂村堂は、慌てて首を振った。

「例のあさひ太夫《だゆう》の話ではありませんよ。別の戯作です。ところが、お百《ひゃく》さんが昨日から酷い風邪で臥《ふ》せってしまわれて、先生は看病に追われて戯作どころではなくなってしまったのです」

つくづく、私はついていない版元です、と坂村堂は重い吐息をついた。

そいつぁ何ともお気の毒な、と種市は腕を組んで暫し考え込んだ。おりょうが脇から口を挟む。

「だったら、どなたかに看病を替わってもらったら良いじゃないですか」

版元は、いやいや、と軽く頭を振る。

「お百さんは神経質で癇癪持《かんしゃくも》ちなんですよ。おまけに短気で口煩《くちうるさ》く、皮肉屋で他人に厳しい。お百さんの気に入るような看病の出来るひとなんて、そう居るもんじゃありません」

ほう、と種市は感心してみせた。

「清右衛門先生と似た者夫婦ですね」

いえいえ、と坂村堂は手を左右に振った。

「似た者夫婦なんて手ぬるいものではなく、瓜二《うりふた》つ、まるで合わせ鏡です」

やだよ、坂村堂さん、と、おりょうが笑いだした。

「でもねぇ、気が回って礼儀正しくて、隙がない。穏やかで上品で他人に優しい。その上に看病上手。そういうひとなら、目の前に居るじゃありませんか。ほら」

おりょうは言って、芳を指した。

その日のつる家の夕餉の献立は、ふきのとうと槍烏賊《やりいか》の天麩羅《てんぷら》に芹の胡麻酢和え、それに浅蜊の味噌汁だった。味噌汁の吸い口は、店主念願の三つ葉である。

何ていうか、とお客のひとりが膳の上の料理を見て、感嘆の声を洩らした。

「ずっと尻尾《しっぽ》だけ残ってた冬が逝《い》っちまって、日に日に春が深ぁくなってくなぁ」

良いことを仰《おっしゃ》いますねぇ、と膳を運んでいた坂村堂が、足を止めて頷いた。

「芹はあとになると葉も軸も太くなり、香りもきついばかりで、鴨《かも》と煮るより他なくなります。こんな風に胡麻酢で和えて美味しいのは、今のうちだけですよ」

入れ込み座敷のお客たちは、見慣れぬ男のお運びに、きょとんとしている。その様子を間仕切りから見ていた種市は、気持ちはありがてぇんだが、と頭を抱えた。

「あんなに蘊蓄《うんちく》を垂《た》れられたんじゃあ、落ち着いて食えやしねぇぜ」

実は坂村堂、芳を清右衛門宅へ送り込んだお詫《わ》びに、とつる家でのお運びを買って出たのである。

「旦那さん、もう料理の方も行き渡りましたし、そろそろ坂村堂さんにもこちらで夕餉にして頂いたらどうでしょう」

澪が言うと、種市も頷いて、食ったら引きあげてもらうか、と吐息をついた。

「ご寮さんは、清右衛門先生のかみさんの看病で向こうの家に泊まるから、お澪坊もこっちに泊まったら良い」

店主の声が聞こえたのだろう、下足棚の前でふきが嬉しそうにぴょんと跳ねた。

「今日は思わぬ助《すけ》っ人《と》の参入で、滅法《めっぽう》、疲れちまった。悪いが俺は寝酒呑んで寝ちまうから、ふたりが湯から戻っても、声はかけねぇぜ」

商いを終えたあと、種市は徳利と湯飲み茶碗を手に、さっさと内所へ引き上げた。

澪とふきは店主の言葉に甘えて湯屋へ行き、終い湯で身体の疲れをさっぱりと落とした。ふたりして夜道を帰り、店の近くまで来た時。

切り爪《づめ》の淡い月影のもと、つる家の前に何者かが佇んでいる。それに気付いて、澪はふきを後ろに庇い、用心深く声をかけた。

「つる家に何か用でしょうか」

澪が差し伸べた提灯《ちょうちん》の薄い明かりに、白髪頭の老婆の姿が浮き上がる。

あっ、と澪とふきが同時に声を洩らした。

お連だった。先達《せんだつ》て見たのと同じ姿で、お連がそこに立っていたのだ。

「旦那はもう寝たのかい」

不明瞭《ふめいりょう》な声で言って、お連は上目遣《うわめづか》いに澪を見る。澪は頭に血が上るのを感じた。

「何の御用でしょうか」
己《おのれ》へ斬《き》りつける口調になるのを、自分でも止められない。澪の声色《こわいろ》と顔つきから、己へ
の憎悪を感じ取ったのだろう、お連は気色《けしき》ばんだ。
「何だい、その口のきき方は。あたしゃ、忘れ物を取りに来ただけさ」
ふきが路地の方へ駆けて行き、すぐに目当てのものを手に戻った。受け取ったもの
を、本当は投げつけてやりたい気持ちを抑えて、澪は、老婆の足もとへ並べる。お連
は草鞋《わらじ》を脱いで、下駄を履き直した。
「あの爺《じじい》から何を聞かされたか知らないがねえ、おつるを死なせたのは、あたしじゃ
ない。錦吾って男さ」
一人前の絵師にするために、この身を売ってどれほど貢《みつ》いだか知れない。そのくせ、
こっちが歳を食ったら用済みにしやがった――話すうちに気持ちがさらに激昂したの
だろう、徐々にお連の声は大きくなっていく。自分でもそれに気付いたのか、周囲を
見回して、声を低めた。
「江戸を払って何処ぞへ逃げて、とうの昔に野垂《のた》れ死んだと思ってたのに、あの野郎
は生きてやがった。谷町《たにまち》の湯屋《ゆや》で働いてやがったんだよ」
老婆は澪の腕を摑んだ。その左指に力が込められ生地越しに澪の肌へ食い込む。

「あの老いぼれに伝えとくれ。錦吾は名を変え、生業を変え、ここからそう遠くない谷町で、のうのうと生きてやがる。口惜《くや》しかないのか、とね」

「ええ加減にしなはれ」

怒りのあまりくに訛りに戻って、澪はお連の腕を振り解《ほど》いた。

「それほど錦吾とかいう男はんが憎いんなら、お前《ま》はんが自分で仕留めはったらどないだす。うちの旦那さんはもう充分に苦しまはった。これ以上、巻き込むような真似《まね》は止めなはれ」

「こんな身体でなけりゃあ……あたしにあの男を殺める力があるなら、おめおめとこんなとこに来やしない」

すっと激情の引いた声だった。それまでの狂犬のような表情が一変し、重く暗い悲しみを湛《たた》えている。

「好き勝手生きたけれど、あたしだって、おつるのことを悔いてないわけじゃないのさ。若いあんたにゃわからないだろうが、この歳になると、うっかり許してもらえるかも、とつい甘い考えを持っちまう」

でも、とお連は左手で頬の傷を示す。

「どれほど憎まれてるか、骨身に沁《し》みた。二度とかかわらないつもりが、皮肉にも昨日、錦吾を見つけちまったんだよ。頼めるのは、おつるの父親のあのひとだけなんだ。あたしの替わりに敵《かたき》を討ってほしいのさ」

この通りだよ、とお連は手を合わせてみせる。そんな勝手な、という台詞《せりふ》を、しかし澪は飲み込んだ。もしもおつるがこんな母親の姿を見たら、と思うと取るべき態度もかけるべき言葉も見つからない。

唇を引き結んで黙り込んだ娘に、お連は、ひとつ、重い溜め息をついた。

「もういい、わかったよ」

右足を引き摺って歩きだしたお連の後ろ姿に、澪は迷いながら呼びかける。

「上野宗源寺《そうげんじ》さんに、おつるさんのお墓があります」

お連の足が止まった。

上野宗源寺、と微かに繰り返す。

「お参りしてあげてください」

澪の声に、お連はゆらりと頭を下げ、そのまま振り向くことなく、足を引き摺りながら闇《やみ》の中へ消えていった。

「澪姉さん」

ふきが手を伸ばして、澪の袖を握った。澪はふきに向き直ると、その両手を取る。

「ふきちゃん、今のことはふたりだけの秘密にしてほしいの。旦那さんの耳には決して入れないで」

こっくり、とふきは頷いてみせた。

「ご寮さんには？」

「ご寮さんにも内緒」

このことを知る人間はひとりでも少ない方が良い。また、芳ならばきっとこの判断を許してくれると思った。

「ふたりだけで守るの。旦那さんと、おつるさんを」

澪の言葉に、ふきは再度、頷いた。

ふたりして、足音を忍ばせて勝手口から中へ入る。調理場の流しに徳利と茶碗が置かれていて、内所の明かりは消えていた。

「旦那さん、ただ今もどりました」

襖の奥に小さな声で呼びかけるも、返事はなかった。寝酒を呑み、常のごとく、ぐっすりと眠り込んでいるに違いない。ふたりはそろって、ほっと息を吐いた。

色々な思いが巡り、なかなか寝付けないふたりだったが、明け方近くになって、深い眠りに落ちた。階下で物音が確かにしたのだが、二階の隅の部屋で休む若い娘たちの眠りを妨《さまた》げることはなかった。

あさーりぃ、あさりぃ、と表通りを行く浅蜊売りの声に、澪とふきは飛び起きた。常よりも目覚めるのが遅くなってしまった。慌てて身仕度を整え、階下へ降りる。いつもなら早々と起きて、神棚の水を替えているはずの店主の姿がない。まだお休みかしら、と思った時、勝手口から桶を抱えて種市が入ってきた。

「おっ、お澪坊、起きたのかい」

「旦那さん」

奉公人が主よりも遅く起きるなど、あってはならない。澪は店主から受け取った浅蜊入りの桶を調理台に置くと、深々と頭を下げた。

「申し訳ありません」

ふと、種市の足もとが泥で汚れていることに気付く。浅蜊を買いに表に出ただけで、ここまで汚れることはない。旦那さん、朝から何処かへ、と尋ねかけて、澪は種市の顔色が優れないことに気付いた。

「どうにもいけねぇ。昨夜の深酒が悪かったのと、風邪の野郎がまたぞろぶり返しやがったみてぇなのさ」

どうにも頭が痛くてよぅ、と言って種市は、板敷にどすんと腰をおろす。

「仕入れは私が行きますから、旦那さん、横になって休んでくださいな」

澪が両の眉を下げてそう提案した時。

お早うさんだす、と芳が顔を出した。寝ずの看病だったらしく、目の下に隈《くま》が出来て、疲れた表情をしている。それが気になって、澪は芳の傍へ駆け寄った。

「お澪坊、ご寮さんに熱い茶を入れてやってくんな」

種市は澪にそう命じると、芳に、

「ご寮さん、無理言って悪かったなあ。どうだい、清右衛門先生のかみさんの具合は」

と、尋ねた。それが、と芳は幾分躊躇《ためら》いながら、

「あまりようおまへんのだす。けど、こっちのことが気になって、ちょっと無理いうて抜けさせて頂きました」

と、答える。

おりょうの予想した通り、気難しいお百も芳の人柄に触れ、安心して自身の看病を任せているのだろう。少しでも芳が離れると、具合が悪くなるとのこと。

「坂村堂さんに頼まれたとはいえ、ご寮さんには世話ぁかけるなあ」

種市は吐息をつき、暫し考えたあと、ゆっくりと切り出した。

「俺ぁ今朝は身体に自信がねぇ。ご寮さんはお百さんの看病がある。幸い、仕入れも仕込みもこれからだし、思いきって今日一日、店は休むぜ。おりょうさんとこへは、ふき坊を遣いに出そう」

えっ、と澪と芳は驚いて視線を絡《から》めたあと、揃って店主に向き直った。

「仕入れも仕込みも全部、私がします。旦那さんが風邪で臥せっておられる間、ずっとそうしてましたもの」

「そうだす。料理屋が突然に店を休んだのでは、お客さんにもご迷惑だす。お運びやったら、りうさんにお願いしてみてはどないだすやろ」

そう言い募《つの》るふたりに、しかし種市は首を横に振ってみせる。

「いや、店は休む。店主の俺が決めたことだ。黙って従ってもらうぜ」

体調が優れないことで苛立《いらだ》っているのだろうが、種市にしては随分険《けわ》しい物言いだ。

店主にそこまで言われては従わないわけにもいかず、ふたりは仕方なく承知した。

芳を表まで送ったあと、浅蜊の砂出しの用意をして、店主の朝餉の仕度にかかる。

食欲がないだろうから、炊き立てご飯は小ぶりの三角に握った。くるりと海苔を巻き、種を取って叩いた梅干しをちょんと載せる。玉子を溶いて、熱い掻き玉汁を作り、仕上げに生姜《しょうが》の絞り汁を加えた。生姜は身体を温める、と以前、源斉から聞いたことを思い出し、もう一品。塩出しした沢庵《たくあん》をごく細かく刻んで、白胡麻とおろし生姜で和えた。

仕度が整うと、前掛けで手を拭いながら、内所の種市に襖越しに声をかけた。

「旦那さん、朝餉は内所で召し上がりますか」

「悪いが、今は食いたくねぇんだ。このまま休ませてくんな」

種市の返事に、澪は両の眉を下げる。失礼します、と襖を開けると、夜着にくるまって顔だけ出している種市が目に入った。中に入り、その枕もとに座る。

「源斉先生に診て頂きましょう。私、お願いしてきますから」

「いや、そいつにゃあ及ばねぇ。咳もないし、大人《おとな》しく寝てるに限る。悪いがお澪坊、俺は寝るからもう声をかけねぇでくんな」

昼餉も抜くから、と言われて、澪は心配で堪《たま》らない。そんな澪に構わず、店主は夜着を頭まで被《かぶ》った。

その日は、種市の眠りを妨げないように、澪もふきもつる家の表周りを掃除して過ごした。引き戸を取り払い、鴨居と敷居を拭き清めたりして、普段は手が回らない箇所を綺麗にすると、気のせいか、店がこざっぱりと明るく見える。

「いくら店が綺麗になったところで、こっちの腹は膨《ふく》れねぇんだよ」

昼餉を食べそびれたお客が、腹立ち紛《まぎ》れに小石を蹴《け》っていく。相済《あい》みません、とふたりして首《こう》を垂《べ》れて詫びるしかなかった。

「おふたりとも精が出ますね」

背後からそんな声がかかり、振り返ると、坂村堂が紙の包みを手に、にこにこと立っている。

「息抜きも大事ですよ。一緒にどうです？」

そう言って、勝手に床几《しょうぎ》を表に引っ張り出し、ちゃっかり真ん中に座った。紙袋を開くと、大ぶりの大福餅が三つ。坂村堂はそれを澪とふきとにひとつずつ差し出した。好意に甘えて、ふたりは大福餅を口にする。甘みの強い餡《あん》と少し固めの餅が絶妙で、ふたりとも甘いものを口にして初めて、空腹だったことに気付いた。夢中で食べてしまい、ほっと人心地《ひとごこち》つく。

「坂村堂さん、ご馳走《ちそう》さまでした。今、お茶をお持ちしますね」

そう言って立ち上がろうとした澪を制して、ふきがさっと中へ入ってしまった。

坂村堂と並んで、手持無沙汰《てもちぶさた》な時が過ぎる。その隙間を埋めようと、澪は話の糸口を探した。

「清右衛門先生の戯作は進んでおられるのですか？」

「お陰さまでかなり。今日は挿絵を描く絵師の辰政先生が打ち合わせにお越しのはずです」

絵師、という言葉に澪は軽く息を呑む。これまでの人生でそうした職の者にかかわったことがなかったが、そうだ、版元なら絵師のことも詳《くわ》しいはずだ。

「坂村堂さんは、昔の……二十年以上も前の絵師のことも詳しいんですか？」

二十年以上前、と繰り返して、坂村堂は腕を組んだ。

「そうですねぇ、その頃なら私は耕書堂《こうしょどう》という版元に奉公していましたから、大概の絵師は存じているかと」

耕書堂というのは当時、江戸で一番大きな版元だった、と聞き、澪は思わず、床几に両手をついて坂村堂へと身を乗り出した。

「では、錦吾、という絵師はご存じですか」

「錦吾……茅野《ちの》錦吾のことでしょうか」

さあ、そこまでは、と澪は戸惑い、俯《うつむ》いた。何か事情がある、と察したのか、坂村堂は独り語りのように続けた。

「茅野錦吾は艶のある美人画を描く絵師でしたねぇ。若くして世に出ましたが、その才に溺《おぼ》れ、身を持ち崩してしまった。何分昔のことですし、詳しいことは忘れてしまいましたが、耕書堂からも切られて、江戸に居られなくなった、と聞きました」

ふっと視線を春天に向けて、坂村堂は切ない表情を見せる。

「一度でも栄華を摑んだ絵師は、それを忘れることが出来ない。来《き》し方《かた》を省《かえり》みることもなく、結局はろくでもない一生を送ってしまう。そこから浮上して真っ当に生きた絵師を、寡聞《かぶん》にして私は知りません」

坂村堂の声に錦吾の今が重なる。澪は種市の無念を、おつるの哀《かな》しみを想い、辛くなって瞳を閉じた。

開け放った勝手口から覗く日差しの加減で、夕刻が近いことがわかる。今朝の浅蜊も、身の中の砂を全て吐き終わった頃だろうか。どれどれ、と澪は浅蜊の入った笊を持ち上げて、桶の底を見る。思ったよりも砂が溜まっていた。

「旦那さんに教わったのだけど、浅蜊は金気《かなけ》が嫌いなの。だからこうして刃を沈めておくと、砂出しが上手《うま》くいくのよ」

澪の手もとを覗き込んでいるふきに言うと、澪は笊から包丁を外した。刃先をすっと撫でて錆《さび》がついていないことを確かめ、水気を拭ってから手拭いに包んだ。

「うう、身体が重くて仕様がねぇや」

内所から種市が這うようにして出てきた。旦那さん、と澪とふきとが声を揃える。

「お加減は大丈夫ですか？」

さっと駆けよって手を添えて、澪は尋ねた。

「お澪坊、何か食わしてくんな」

種市は落ちくぼんだ目で澪を見て、さすがに腹が減ったぜ、と笑ってみせる。その声にふきがぴょんと跳ねた。

思えば朝から何も口にしていない店主なのだ。澪は、ほっと胸を撫で下ろす。

「良かった、食欲が出て。すぐに胃の腑に優しいものを作ります」

「贅沢を言わしてくんな。粥だの重湯《おもゆ》だのは嫌だぜ。そうさな、好物の浅蜊が良いや」

はい、と澪は笑いながら頷いた。浅蜊の殻を擦り合わせて洗いながら考える。味噌汁も良いが、もっと気が晴れるものが良い。湯気が温かくて、浅蜊を堪能できるもの……。

思案を巡らすうちに、神棚に目が行った。先日の初午《はつうま》に店主が店開け一年を祝って、お供えした御神酒《おみき》が載っている。手を伸ばして取り、種市に使って構わないか尋ねた。

鉄鍋を熱して胡麻油を入れ、種を抜いて小口に切った鷹《たか》の爪と、生姜のみじん切りとを炒《いた》める。そこへ浅蜊を入れるとじゃっと激しい音がする。油撥《は》ねに耐えて、殻を割らないようごく軽く炒めると、御神酒をとくとくと注いで鍋に蓋をした。

「おいおい、随分と乱暴な料理じゃねぇか。大丈夫なのか？」

心配そうな種市に、澪はうふふと笑ってみせる。江戸で知った浅蜊の味わいが嬉しくて、季節になれば色々と試した。中でも、他の貝と違って浅蜊は油馴染みが良い、というのは胸躍《おど》る発見のひとつだったのだ。

熱せられた鍋の中で、浅蜊が暴れている。口を開く音が次々と聞こえ、じきにくつくつと煮えるだけの音に変わった。

蓋を取って、汁を手塩《てしお》皿に取り、ひと吸い。酒に浅蜊の旨みが出て、他に何も加える必要がない。澪は嬉しくなって、良し、と頷いた。汁ごとたっぷり掬い、深さのある鉢に装う。

板敷に座って、先刻から種市は澪の様子をじっと眺めている。その覇気の無さを気にかけながら、澪はほかほかと湯気の立つ器《うつわ》を店主に差しだした。

「お待たせしました」

鉢を手に鼻から息を吸い込めば、湯気の温《ぬく》もりとともに、酒と潮の香り。旨そうな匂いだ、とまずは汁をひと口。

「……こいつぁいけねぇ」

常と違い、低く唸《うな》るような声だ。それを訝《いぶか》しく思いながらも、澪は、

「お箸だと食べ辛いと思います。火傷《やけど》しないよう、殻を手で摘んでみてください」

と、促した。

言われた通り、種市は親指と人差し指とで殻を摘んで口に運び、身をちゅっと吸い込んだ。目を閉じて咀嚼《そしやく》する。酒と浅蜊の旨み、鷹の爪と生姜のぴりりとした辛み。余分なものが何ひとつない。どれが欠けても成り立たない味わい。

種市は黙々と夢中で食べた。殻だけになったものが膳の平皿に積み上げられていく。最初のうちこそ、にこにことその様子を眺めていた澪だが、次第に笑みが消えていく。美味しいものを口にしながら、種市の食べる姿には悲哀が滲《にじ》んでいた。

火の回りが悪かったのか、半開きの浅蜊がひとつ、最後に残った。殻を無理にもこじ開けて、種市の手が止まる。

浅蜊の身と抱き合うように、迷い蟹が殻の中に居た。その蟹にじっと視線を落としていた種市だが、やがてぼそりと呟いた。

「何で迷わず自分の家に帰らなかったんだ、馬鹿な野郎だぜ。浅蜊の殻は手前の家なんかじゃねぇのによ」

あとの方は泣いているように聞こえて、澪とふきは黙って俯いた。

夕空に、箒《ほうき》で薄く一面を掃いたような淡い雲が連《つら》なっている。橙色の濃淡に染まり始めた雲を、澪は笊を取り込む手を止めて、飽かず眺めた。

「澪ちゃん」

名を呼ばれて振り返ると、太一《たいち》と並んで俎橋を渡って来る伊佐三《いさぞう》が目に入った。

「伊佐三さん、太一ちゃん」

ふたりの名を呼んで、澪は俎橋の袂まで迎える。太一がたたたと駆けて澪に縋《すが》った。湯へ行ったのか、温かな身体から糠《ぬか》の良い匂いがする。太一を抱き上げようとして、果たせなかった。何時《いつ》の間にか、背も伸び、身体も重くなっている。

「これ、おりょうからだ」

懐から取り出したものを、伊佐三は澪に渡した。竹の皮の中身は佃煮らしく、醤油《しょうゆ》の勝った匂いがする。

「親父《おやじ》さんの具合は？」

「すっきりしないんです」

澪の返事を聞いて、伊佐三は暫く黙った。それは何かを言おうか言うまいか、逡《しゅん》巡《じゅん》しているように澪の目に映った。やがて意を決したように、伊佐三は澪を見る。

「今朝早く、妙な場所で親父さんを見たんだ」

「妙な場所？」

「ああ。不忍池《しのばずのいけ》の西側に寺が何軒も並んでるだろ。そこの小路から出てくるところを見たのさ。何だか思い詰めた顔をしてたんで、俺ぁ、声をかけるにかけられなかったんだ」

不忍池、と繰り返し、ああそれなら、と澪は頷いた。上野宗源寺がそこにある。

「娘さんの墓参りか。なら心配いらねぇな」

伊佐三はほっとした顔で言い、太一の手を引いて俎橋を戻っていく。父と息子の後ろ姿が遠ざかるのを見るうち、澪はじわじわと不安になってきた。

おつるの月忌《がっき》まで、まだ大分ある。なのに何故、今朝だったのか。何故、墓参《ぼさん》を伏せたのか。今日一日の店主の様子を思い返す。いきなり店を休むと決めたこと。内所に籠《こも》りきりだったこと。そして先ほどの姿。

澪は、はっと顔を上げた。

もしや、聞かれてしまったのではないか、昨夜のお連との話を。だとしたら……。

「ふきちゃん！」

叫びながら、澪は店へ向かって駆けだす。表に居たふきが、声に驚いて澪を見た。

「旦那さんの様子を見て！　早く！」

弾《はじ》かれたように、ふきは店の中へ駆け込んだ。澪は路地から勝手口に飛び込み、調理場を抜けて内所へ向かう。

「澪姉さん、旦那さんが居ません」

裏に面した障子が開いたままの室内に立ち、怯えたようにふきが振り向いた。

部屋は整っていた。否《いや》、整い過ぎていた。隅に積まれた布団。その上に、種市愛用の前掛けが、きちんと畳んで置かれている。嫌な予感がして、その前掛けを取ると、下に文《ふみ》が隠れていた。

震える手で広げて、読む。澪につる家を託《たく》す旨《むね》、迷いのない筆で認《したた》められていた。

「澪姉さん」

ふきが怯えた目をして縋りついてきた。

錦吾だ。錦吾のところへ行ったんだ。

澪はふらふらと立ち上がり、調理場へ行った。記憶の糸を手繰《たぐ》り寄せる。思い出せ、お連はどう話していたのか。

谷町。そう、確かに、谷町と言っていた。谷町の湯屋で働いている、と。

落ち着け、落ち着け、と握った拳を流し台に載せて、繰り返した。ふと、そこに置いてあった包丁がないことに気付く。浅蜊の砂出しに用いたあと、水気を拭って手拭いに包み、流しの脇の台へ置いておいたはずなのに。

旦那さん……。

種市がこれからしようとすることに思い至って、澪は両手で口を塞いだ。

止めなければ。何としても止めなければ。

勝手口から飛び出した澪を、ふきが必死の形相で追い駆ける。

九段坂を上りきり、田安《たやす》御門を左に見て、そのまま真っ直ぐ。残照で人影が滲んで見える町中をふたりの娘は走りに走る。息が上がり、心《しん》の臓《ぞう》が破れそうだ。やっとのことで新道二番町《しんみちにばんちょう》を抜けたあたりで力尽きた。谷町のおおよその見当はつくが、湯屋を知らない。

汗が滴るに任せたまま、顔を上げると、芥捨《あくたす》て場に蹲って拾いものをしている男の姿が目に入った。屑屋《くずや》かと見ていると、拾っているのは木片ばかりだ。

相済みません、と澪は切れ切れに言った。

「谷町の湯屋、というのは何処でしょうか」

男は腰を伸ばし、煤《すす》に塗《まみ》れて真っ黒な顔を澪に向けた。かなりな年寄りに見える。

「このごみ坂をどんつきまで行って、左に折れたら谷町はじきさ。湯屋もすぐわかる。この辺りに湯はそこだけだから」

暗くなるから気を付けて行きな、と言葉を添えて男はまた身を屈めて木片を拾い始める。ごみ坂、という名だけあって幅広い通りが芥捨て場と化していた。陶器の欠けらか、足もとでじゃりじゃりと嫌な音を立てる。もつれる足でごみ坂を上りきり、澪は背後を振り返った。ふきの向こう、先ほどの男が道に這いつくばって、蹴散らされた芥を手で道の端に寄せている姿が目に映った。

台格子《だいごうし》の奥に掛け行灯の明かりが洩れて、春宵《しゅんしょう》、薄闇の中で建物を浮き彫りにする。入口は二箇所。それぞれに「ゆ」と染め抜かれた長暖簾がかかっていた。一日の仕事を終えた職人や奉公人、子連れの母親などが男女別に左右に分かれて、忙しなく暖簾を潜《くぐ》る。五つ（午後八時）の終い湯まで、まだ少し刻があった。

注意深く周囲を見回す。辺りには髪結床《かみゆいどこ》に煮売り居酒屋などが並び、湯屋帰りの客で賑《にぎ》わっていた。だが、種市の姿はない。中に客として入って、錦吾らしい男が居るか否か、探っているのかも知れなかった。

お連が六十四、五。錦吾は十四歳下だから、今は五十か五十一。そんな目処《めど》をつけて、澪はふきとともに裏へ回り、開け放たれた戸口から中を覗いた。入ってすぐが焚き場で、大きな火袋《ひぶくろ》に薪《まき》が盛大に焼《く》べられている。離れているのにもかかわらず、熱気で頬が熱くなるほどだった。

誰かが来たらしいことを、ふきが後ろから澪の袖を引いて知らせた。ふたりで、用水桶の陰に隠れて様子を窺《うかが》う。

あ、という声を澪は飲み込んだ。先ほどの男が木片を満載にした天秤棒《てんびん》を肩に、疲れた足取りで湯屋の勝手口を潜る。どうやらこの湯屋の木拾いだったらしい。木拾いにしては歳を取り過ぎているのだが。

「吾平《ごへい》、この愚図《ぐず》!」

中から罵声が飛び、木片が散らばり落ちる軽い音が響いた。湯屋の明かり取りから覗き見ると、焚き番らしい半裸《はんら》の若僧が木拾い相手に激昂している。

「今日半日ほっつき歩いてこれだけかよ。ろくなもんじゃねぇ」

孫ほどの歳回りの男に一方的に責め立てられても、吾平と呼ばれた男は、肩を落としてじっと耐えている。まあまあ、と割って入ったのは店の番頭《ばんとう》か、唐桟《とうざん》の袷《あわせ》に身を包んでいた。

「俺やお前みてぇに、木拾いから始めて何時かは高座《こうざ》へ、と夢を持つのが湯屋の奉公人だが、吾平は違う。歳も歳だし、雑用の下働きってことで、安い賃金で旦那に雇われてるんだ。あまり無茶な仕事を振るんじゃねぇよ」

捨て湯で足を濯いで今日はもう上がれ、と労《ねぎら》われ、吾平は頭を下げて、奥へ消えた。

もしかしたら、との思いが首を擡《もた》げる。

吾平と呼ばれていた男、澪の目には種市よりも年嵩《としかさ》に見えたが、実は違うのではないか。

もしや……。だが、確かめるにはどうすれば良いのか、澪には策がなかった。

「澪姉さん」

ふきが小さな声で澪を呼ぶ。その指さす方を見ると、湯屋帰りの客の提灯の明かりが、辻番《つじばん》の陰に佇む種市を照らしていた。ふたりして駆け寄ろうとした時、湯屋からどっとひとが吐き出された。ぶつかった客同士が諍《いさか》いを始め、たちまちに殴り合いになる。種市の姿は辛《かろ》うじて見えるのだが、人垣が邪魔をして、思うように傍へたどりつけない。

客たちの顔を注視していた種市に、動きがあった。ひとの群れに紛れて、種市は一声だけ、鋭く名前を呼んだのだ。

「錦吾！」

果たして、ひとりの男が身体を強張《こわば》らせ、用心深く周囲を見回した。ああ、と澪は小さく唸る。湯屋の下働き、吾平だったのだ。種市は錦吾を確認すると、素知らぬ顔で摺《す》れ違った。空耳か、と安堵した表情で錦吾が歩きだすと、種市は懐に手を入れて、その跡をつけ始めた。澪とふきは、夢中で店主のあとを追う。

紗《うすぎぬ》を広げたような雲が天を覆い、痩せた月が霞《かす》む。淡い空のせいか、さほど闇を感じない。緩やかな勾配《こうばい》の坂を、種市はひたひたと上る。その少し先を行くのは湯屋の下働きの持つ提灯の明かりだ。

息を詰め、あとを追いかけながら、澪は坂村堂の言葉を思い返していた。

――一度でも栄華を摑んだ絵師は、それを忘れることが出来ない。来し方を省みることもなく、結局はろくでもない一生を送ってしまう。そこから浮上して真っ当に生きた絵師を、寡聞にして私は知りません
坂村堂さんはああ言っていたけれど……。

蹴散らされた芥を、手で寄せていた姿を思う。

ろくでもない一生を送っている者が、あんな仕草をするだろうか。少なくとも、こ

れまで出会ったことのあるろくでなし――末松や富三《とみぞう》なら、決してしまい。

もしや、錦吾というひとは真っ当に生き直そうとしているのではないのか。

でも、と澪は迷いを払うように首を振る。

ひとの性根《しょうね》というのは、そう簡単に変わるものではない。おつるを死に追い込み、それを償うことなく逃げた男、それが錦吾なのだ。錦吾を殺めることでおつるの敵を討ちたい、と種市が思うのはしごく当然だった。

澪姉さん、と吐く息だけで呼びかけて、ふきは澪を見る。

種市を人殺しにしないこと。

種市に死を選ばせないこと。

眼差しだけで互いの思いを確かめると、ふたりは頷き合った。

武家地を過ぎ、左右は御用地。境に植えられた松の姿が黒々と映る。周辺には番屋もほかの人影も一切なかった。種市が立ち止まり、懐から手を出した。

雲が途切れたのか、鎌形の月が思いがけず強い光を放《はな》った。種市の戦慄《わなな》く手に包丁が握り締められているのがはっきりと見て取れる。刹那《せつな》、ふたりの娘はだっと駆けだした。ふきは背後から種市の首に抱きつき、澪は脇に回って包丁を持つ腕を摑む。不意の襲撃に種市はうろたえ、身体を捩じってふたりを振り払った。

もんどりうって地面に転がるふたりの姿を認めて、種市は瞠目《どうもく》する。三人とも言葉を発することが出来ない。

転がったまま、ふきは種市の左足に、澪は右足に縋《すが》り、それぞれ訴えるように種市を見た。心を読み取ったかのように、種市は哀しい目でふたりを見返し、弱々しく首を横に振る。もう後戻りはしない、という意志の表れだった。

ふたりを引き摺ったまま、種市は錦吾の後ろ姿に向かっていく。澪とふきは必死でその足に食らいついていた。

背後の気配に、錦吾が歩みを止め、こちらを窺った。だが、酔っ払いの痴話喧嘩《ちわげんか》とでも思ったのだろう、じきに背を向けて歩き始めた。

生かしてはおかない。おつるのために。

その一心で、種市は澪たちの足枷《あしかせ》をついに振り払い、勢いを付けて錦吾に突進しようとした、まさにその時だった。

「たん」

春夜のしじまに、愛らしい幼子《おさなご》の声が響く。たん、たん、と続けて二度。さらに別の子供の声が重なる。

「ちゃん？　そこに居るのは父ちゃんかい？」

錦吾は立ち止まると、提灯を薄闇に差し伸べる。

「おはるに、おしまか？」

途端、きゃっきゃっ、とはしゃぐ幼い声。目を凝《こ》らすと、淡い灯《ひ》に、幼子を背負った少女の姿が浮き上がる。見るからに薄い継ぎだらけの着物に、細長い手足。七つ八つの年頃か。父親を認めると、力一杯駆けて、その腰に抱きついた。

「どうした、おはる」

父親に頭を撫でられて、おはると呼ばれた少女は抱きついたまま、顔を上げた。

「暗い中でおしまとふたりきりだと、恐くて、寂しくて。死んだ母ちゃんが戻ってこないか、と思って……そしたら一刻も早くちゃんに会いたくなって、迎えにきた」

そうか、と詰まった声で応えて、父親は身を屈めた。提灯でおはるの足を照らすと、

「今朝ころんだ時の傷はもう痛まねぇか？　駆ける時は道に芥がないか、よく見ないと危ねぇぞ」

と、その膝を撫でさすった。おはるの背中で、おしまがぐずり始める。

「おう、おしま。ちゃんのとこへ来な」

おはるの背中から幼女を外すと、しっかりと抱き上げた。錦吾は煤だらけの顔のまま、おしまに強く頬擦《ほおず》りをする。まだ「ちゃん」と呼べない娘は、舌足らずに「た

ん」「たん」と繰り返す。哀切を含んだ、けれども小さな陽だまりのような幸福が、そこにはあった。

種市は包丁を構えたまま、動かない。

澪の耳に、種市の掠れ声が蘇る。

――信じて寄り添ってくれる誰かが居れば、そいつのために幾らでも生き直せる。ひとってのは、そうしたもんだ

背後で起きていることに気付かないまま、錦吾は片手でおしまを抱き、もう片方の手でおはるを庇うようにして歩き始めた。家族の後ろ姿が遠ざかり、提灯の火も闇に溶けて消えた時、種市はがっくりと膝から崩れるように地面に座り込んだ。

うううっ、と老いた父親は突っ伏して慟哭《どうこく》する。殺せなかったことを詫びるように、おつる、おつる、堪忍してくれ、と呻きながら拳で土を叩き続けた。

ふきが泣きじゃくりながら、種市に取り縋る。

澪は溢《あふ》れる涙を手で払うと、旦那さん、と種市の背中に手を置いた。

「旦那さん、私たちも帰りましょう。つる家へ……おつるさんと、私たちの家へ」

夢宵桜——菜の花尽くし

俎板《まないた》の上が、彩《いろど》りに満ちている。

針魚《はりうお》の異名《いみよう》を持つ魚の背は、海を思わせる青みを帯びた銀で、腹は雪の如《ごと》き白銀だ。針状の長い下顎《したあご》は先端が紅を差したように赤い。

何て綺麗《きれい》な魚なのだろう。細長い身に煌《きら》めく色を纏《まと》って横たわる姿をしげしげと眺めて、澪《みお》は、ほっと溜《た》め息をつく。こんなに美しい魚が海を泳ぐさまを見てみたい。

「どうだい、お澪坊」

背後から手もとを覗《のぞ》いて、種市《たねいち》が問う。

「あんまり見事なんで、どっさり仕入れちまった。捌《さば》きれるかい?」

つる家《や》の調理場には、馴染《なじ》みの魚屋を買い切ったのか、と思うほどの桶《おけ》が積まれている。大丈夫です、と澪は口もとから純白の歯を覗かせて頷《うなず》いた。

旬《しゅん》を迎えたこの魚、実は鱵《さより》であった。全体を覆《おお》う細かい鱗《うろこ》を丁寧に取り除き、頭を落として腹を開き、わたを抜く。腹の内側の膜は驚くほど真っ黒で、べったりと張り付いたものを慎重に取り除いた。

毎度感心することだが、と澪の手もとを見守りながら、種市が嘆息する。

「鱵って奴ぁきらきらで綺麗な魚なのに、どうしてこうも腹が黒いのか。よく、見た目は良いのに腹黒な輩《やから》を『鱵みてぇな』って言うが、ほんとにその通りだな」

まあ、と澪は軽く頬《ほお》を膨《ふく》らませた。

「それじゃあ鱵に気の毒です」

鱵は刺身、酢の物、天麩羅《てんぷら》、椀種《わんだね》と、どんな調理にも馴染む使い勝手の良い魚だ。愛《いと》しむ手つきで骨を外《はず》し、皮を引く。まずは椀種用に、と鱵の身を結んでいた時だ。

「お澪坊、左の指はまだ具合が悪そうだな」

料理人が柔らかい鱵の身を結ぶのに難儀しているさまを見て、種市は眉根《まゆね》を寄せた。

「少し動き辛《づら》いですが、大したことないです」

店主の不安と自身の不安とを払拭《ふっしょく》するように、澪は明るく笑ってみせる。錦吾《きんご》の一件でどれほど胸を痛めたか知れない店主が、その苦悩を胸に封じて、穏《おだ》やかな日常を取り戻そうと努めている。ならば私も、と澪は思うのだった。

「こいつぁ旨《うめ》ぇ」

塩をした鱵の皮を竹串《たけぐし》に巻きつけ、軽く焙《あぶ》った一品。それを口にしたお客が呻《うめ》いた。

「半端《はんぱ》なく旨ぇぜ」

連れでもないのに、その場に居合わせたお客たちが一斉に大きく頷く。刺身も、身を結んで椀種にしたものも、小気味良いほどお客たちの腹へ収まっていく。間仕切りからその様子を眺めていると、言葉に出来ないほどの幸せに包まれる料理人だった。

昼餉時《ひるげどき》、夕餉時ともに、鱵《さより》尽くしの献立はお客を充分に満足させ、あれほど沢山《たくさん》仕入れた鱵を使い切って、つる家はその日の商《あきな》いを終えた。

「ごめんくださいまし」

日本橋の伊勢屋久兵衛《いせやきゅうべえ》方より使いが来たのは、芳《よし》と澪が帰り仕度《じたく》を整えていた時だった。

「何だって」

調理場の板敷で夜食をとっていた店主は、使いからもたらされた知らせに、飯碗《めしわん》を持ったままうろたえて腰を浮かせる。

「源斉《げんさい》先生が倒れた?」

「そ、それはほんまだすか」

くに訛《なま》りに返って、澪は伊勢屋の使者に迫った。爽助《そうすけ》と名乗る伊勢屋の中番頭《ばんとう》が、ええ、と控《ひか》え目に頷く。年の頃は三十過ぎ、名前とは裏腹に、小柄でもっさりとした猫背、垂《た》れた眼《め》に潰《つぶ》れた鼻、尖《とが》った八重歯《やえば》が口からはみ出ていた。

「今朝、両替町の別の店へ診察にいらしていて、そちらでお倒れになられたのでございます。源斉先生にお世話になっているものは界隈《かいわい》にとても多く、大騒ぎになりまして……」

話を聞いた久兵衛がすぐさま伊勢屋へ源斉を運び込んで休ませ、永田家《ながた》に使いを出そうとしたところ、ただの疲労に過ぎないから、と本人に固辞《こじ》された。それならば伊勢屋で暫《しば》し静養を、との運びになった。

「よほどお疲れが重なっておられたのでしょう。昏々《こんこん》と眠り続けておられます。用意した食事を口にされることもなく……。美緒《みお》お嬢さまが随分と心配されまして」

つる家の料理人に、伊勢屋に来て源斉の口に合うものを作ってもらえまいか、との主《あるじ》久兵衛からの伝言を伝えに来た、という。

話を聞き終えると、つる家の店主は持っていた飯碗を置いて、澪へ向き直った。

「お澪坊、どうだろうか。明日、ちょいと早起きして先に伊勢屋さんへ寄って、源斉先生の口に合いそうなものを作ってみちゃあ」

先達《せんだつ》て、澪の前で軽い立ち眩《くら》みを起こした源斉なのだ。あの頃から疲労が積み重なっていたのだろう。心配のあまり両の眉を下げながら、澪ははい、と深く頷いた。

「澪さん、私にも手伝わせて」

早朝の伊勢屋の台所。慣れない炊事場《すいじば》に苦労しながら料理する澪に、先ほどから美緒が何かと纏わりついている。

「源斉先生のために、私も何かしたいの」

新居に使うはずだった離れに、その源斉が臥《ふ》せっている——信じ難《がた》い現状に、美緒はすっかり舞い上がっていた。昨夜は一睡も出来なかった、と頰を上気させる。

「そりゃあ最初は心配で心配で堪《たま》らなかったのだけど、でも命がどうこうではないそうだし、先生のために私に出来ることがあるかも知れないだなんて、夢のようなの」

以前ならば違っただろうが、今は同じく恋を知る身。澪は美緒の有頂天《うちょうてん》を温かく受け止め、鍋の大根を見てもらうことにした。

「大根を昆布《こんぶ》で柔らかく煮ています。すっと楽に串が通るようになったら、教えてくださいね」

ええ、と美緒は神妙に串を構える。

「澪さん、今日は何を作るの？」

「大根と昆布の含め煮に、蒟蒻《こんにゃく》の土佐《とさ》煎《い》り煮、それにお粥《かゆ》と茶碗蒸しを作ろうと思います」

　昔から、働き過ぎで精根尽きた時には、大根や昆布、蒟蒻や蓮根《れんこん》など「こん」の付くものを摂《と》ると良い、と言われている。それに加えて滋養のある玉子と消化に良いお粥を合わせるのだ、と澪は娘に教えた。

　こんの付くもの、と娘は繰り返して、

「もしも源斉先生と一緒になったら、そうしたものを沢山作らないといけないわ」

と、自身に言い聞かせるように呟《つぶや》いた。

　お嬢さま、と廊下からそっと爽助が呼んでいる。

「旦那《だんな》さまが、食事が出来たら料理人のかたに離れへ運んで頂くように、と」

　途端に美緒は、きっと眦《まなじり》を吊《つ》り上げる。

「お父様ったら酷《ひど》いわ。澪さんは良くて、どうしてこの私が源斉先生のお部屋へ入っちゃいけないのよ」

　それは、と口ごもって爽助は俯《うつむ》いた。その姿がますます美緒を苛立《いらだ》たせる。

「大体、お前もお前だわ。中番頭のくせに仕事もしないでずっと源斉先生の枕《まくら》もとに詰める、ってどういうことなの。私がお世話する、と言っているのに」

「いい加減にしないか」

爽助の背後から姿を現した久兵衛が、娘を一喝《いっかつ》する。

「爽助は、この伊勢屋を支える大事な中番頭ですよ。他人への心遣いや気働きに人一倍優《すぐ》れているからこそ、源斉先生の看病を任せているのです。粗相《そそう》があってはならない相手なのだ。お前もその辺《あた》りを弁《わきま》えなさい」

嫁入り前の娘がはしたない、と厳しく言われて、美緒はしゅんと肩を落とした。

食事の仕度が整うと、澪は爽助に先導されて、離れの源斉のもとへと膳を運ぶ。

半分開かれた障子《しょうじ》から、暖かな春の日差しが入り込む部屋。源斉は布団《ふとん》の上に半身を起こし、庭を眺めていた。源斉先生、という爽助の呼びかけに応じてこちらを向いた男の顔を見て、澪は息を呑《の》む。面窶《おもやつ》れして、常の源斉の健《すこ》やかな面影が消え失《う》せていた。

「澪さん」

窪《くぼ》んだ眼を見張り、源斉は布団を出ようとした。爽助が慌てて、そのままで、と源斉を押し留《とど》める。

そんな最中《さなか》、離れの入口で手代《てだい》らしき風貌《ふうぼう》の男が、中番頭さん、と爽助を呼んだ。店の方で何かあったのか、緊張した様子だった。

「済みません、源斉先生をお願い出来ますか」

爽助に頼まれて、澪は頷いた。爽助の去ったあと、澪はずり落ちていた綿入れを源斉の肩にかけ直す。随分と痩《や》せて身体《からだ》の厚みが薄くなっている姿に、胸が痛んだ。

済みません、と源斉は笑顔を向ける。

「医者のくせにこんなになるまで、と呆《あき》れられたことでしょう。自分でも恥ずかしい」

年明けから悪い風邪《かぜ》が流行《はや》り、多くの患者を抱えて走り回ることになったのだとか。不養生《ふようじょう》にも程がありました、と恥じらう様子に、澪は切なくなる。これほどまでに、自分の身を削るようにして患者に尽くす医者をほかに知らない。

「源斉先生、少し召し上がりませんか」

膳を源斉の方へ寄せて、澪は優しく言った。

源斉はあまり食欲を示さず、茶碗蒸しもそのほかのお菜も、ほんの少し箸《はし》をつけただけだった。ただ、白粥だけは口に合うのか、装《よそ》った分を綺麗に平らげてくれた。見れば、青ざめていた頬にほんの少し赤みが差している。

澪はほっとして、空《から》の飯碗に両の掌《てのひら》を差し伸べた。

「お代わりを装いましょうか」

「ええ、少しだけお願いします」

行平鍋《ゆきひら》から粥を匙《さじ》で掬《すく》う娘の仕草を、源斉が静かな眼差《まなざ》しで見守っている。

ほーほけっ　ほーほけっ

庭の方から、鳴き声がした。

あら、と澪は源斉と顔を見合わせる。澪は匙を置いて、そっと障子から外を覗いた。源斉も布団を出て、澪の後ろから庭を覗く。

ほーほけっ　ほーほけっ

柿の木の枝に止まる茶色い小さな鳥を見つけて、ふたりは微笑《ほほえ》み合った。初鳴きを前に、何とも鳴くのが下手な若い鶯《うぐいす》だったのだ。

鶯を驚かさないように、と笑いを堪《こら》えれば堪えるほど、おかしくてならない。澪が身を震わせて笑いを押し殺す姿に、源斉が肩を揺らせた。そんなふたりの様子を、庭越しに母屋《おもや》の廊下から久兵衛がじっと見詰めている。だが、澪も源斉も気付かないまだった。

陰干ししておいた俎板がすっかり乾いて、顔を寄せると柔らかな木の香りがする。軒先で俎板を手に、澪は軽く息を吸った。

彼岸《ひがん》を境に、日の長さを実感するようになった。井戸端には何処《どこ》から飛んできて根付いたのか、蒲公英《たんぽぽ》が花を咲かせている。

「まあ」

愛らしい黄色の花に目を止めて、澪は頰を緩《ゆる》める。

ふと、懐かしい大坂の春を想《おも》った。これからの季節、ことに北郊の北野、福島、曽《そ》根《ね》崎《ざき》の菜《な》種《たね》畑が真っ黄色に空を染めるのだ。風に飛ばされて根付いた菜種は、大川の土手を始め、中心地のあちこちでも花を咲かせ、大坂の町に春を呼ぶ。野江《のえ》とふたり、黄色い海に埋もれるようになって遊んでいたことを思い出し、澪はそっと懐《ふところ》に手を当てた。そこには、野江と分かち合った蛤《はまぐり》の片貝が仕舞われている。

「澪さん」

つる家の勝手口から、又次《またじ》がひょいと顔を覗かせた。今日、二十三日は如月《きさらぎ》最後の「三方よしの日」だった。

「青酢の加減を見てくんな」

はい、と頷いて、澪は急いで中へ戻る。

鉢の中に鮮やかな緑色の調味料が出来ていた。芥子菜《からしな》の葉先だけを刻んで擂《す》り鉢で擂り、湯通しして布巾《ふきん》で絞ってから、酢と砂糖と塩とを合わせたものだ。綺麗な色、と澪は感嘆し、匙で少しだけ掬って味をみた。

「美味《おい》しい。これで真っ白な独活《うど》を和《あ》えたら綺麗でしょうね」

目を細めている澪に、又次はほっとした顔になった。

「芥子菜を揺って色を作るってなぁ、俺《おら》ぁ、澪さんに教わって初めて知ったんだぜ」

つくづくあんたは大したもんだ、と又次は首を振り、声を落としてこう続ける。

「黙っていようかと思ったんだが、今夜、翁屋《おきなや》の楼主《ろうしゅ》がここに客として来るはずだ」

澪は、伝右衛門《でんえもん》の禿頭《とくとう》を思い浮かべながら、軽く目を見張って又次の言葉を待った。

少しばかり躊躇《ためら》ったあと、あんたに頼みがある、と男は澪の瞳《ひとみ》を覗き込む。

「翁屋から、ある頼みごとをされるだろうが、それを断らずに受けてくれまいか。これはあんたのためでもあるし……あさひ太夫《だゆう》のためでもあるんだ」

視線を逸《そ》らせて最後の台詞《せりふ》を付け足すと、又次は独活を洗うために澪に背を向けた。

果たしてその日、六つ半（午後七時）を回る頃、伝右衛門が供も連れずにひとりでつる家の暖簾《のれん》を潜《くぐ》った。一階の、常《つね》は清右衛門《せいえもん》が座る席に陣取って、お客で溢《あふ》れかえる店内を見渡しながら、ゆっくりと酒と肴《さかな》を楽しむ。

調理場の又次が様子を気にして間仕切りから覗き、くくっと忍び笑いを洩《も》らした。

「こいつぁ良いや。料理を口に入れる度《たび》に、いちいち驚いてやがるぜ。吉原には旨《うま》いものを食わせる店が無《ね》ぇからなあ」

喜《き》の字屋《じや》の仕出しは高いばかりで不味《まず》い一方だし、と意味ありげに言って肩をすくめる。

常は六つ半に暖簾を終《しま》うつる家だが、「三方よしの日」に限り、店終いは五つ（午後八時）。旨い酒と肴を堪能《たんのう》したお客たちがほろ酔い気分で引き上げていき、最後に伝右衛門だけが残った。

「いやはや、噂《うわさ》に違《たが》わぬ料理の数々。実に感心しました」

がらんとした入れ込み座敷。店主と澪、芳、それに又次を前に置いて、伝右衛門は、ほうっと溜め息をついた。

「独活があそこまで香り高いものとは知りませんでした。槍烏賊《やりいか》の天麩羅も実に見事。締めに浅蜊《あさり》の味噌汁というのも、また泣かせる」

過分な心付けをもらったこともあり、種市は戸惑いながらも、ありがとうございます、と丁寧に礼を言った。

「ですが翁屋さん、あっしどもに頼みってなぁ一体……」

店主に水を向けられて、伝右衛門は、そのことですが、とゆっくりと腕を組んだ。

「月が替われば弥生《やよい》。吉原で弥生と言えば花見でございますよ」

根付きのまま運び込んだ桜を仲《なか》の町《ちょう》に植え込み、下草には小判を意味する山吹《やまぶき》。時季を同じくして開花するため、満開時には上に桜色の帯、下に黄金の帯を広げたかの如し。宵闇《よいやみ》、雪洞《ぼんぼり》に灯《とも》が点るその下を花魁《おいらん》道中が行けば、遊里は幽玄の世界と化《か》す。その趣《おもむき》を愉《たの》しんでもらうため、翁屋でも例年、七日に上客十名ほどを招いて花見の宴《うたげ》を催《もよお》すのだ、という。

「常は引手《ひきて》茶屋《ぢやや》へ喜の字屋から仕出しを運ばせるのですが、これがまた、高いばかりか、途方もなく不味い。遊里に旨い料理はない、と客の方で端《はな》から諦《あきら》めているから良いようなものの……」

吉原きっての大見世《おおみせ》、翁屋の上客であるから、舌も肥えているし、大変な食通なのだ。不味い仕出しでもてなすことが、ほとほと嫌《いや》になった。さてそこで、と伝右衛門は腕を解いて、身体ごと澪の方へ向き直った。

「お前さん、どうだろうか。翁屋で花見の宴の料理を作ってみる気はありませんか？　材料のことなら、金に糸目はつけないし、何でも望むものを用意しましょう。首尾よくいけば祝儀は弾みますよ」

一同そろって、息を飲み込む。

そ、そいつぁ、と困惑の声を上げる店主を目で制して、伝右衛門は続ける。

「旨い料理を出す、としながら料理が客の口に合わなければ翁屋にとっての恥。けれども、もし客の気に召せば最高の趣向。これほど誉《ほま》れなことはありますまい」

又次が言っていたのはこのことか、と澪は思い、膝《ひざ》に置いた掌をきゅっと握った。翁屋へ行ける。野江の居る翁屋へ。たとえ再び逢《あ》うことは叶《かな》わずとも、その傍《そば》まで行ける。又次の懇願がなくとも、澪の心は定まっていた。

「お澪坊、どうする？」

種市に問われ、澪は畳に両の手を置くと、僅《わず》かに身を乗り出して、伝右衛門を真《ま》っ直《す》ぐに見つめた。

「何と」

昼餉時を過ぎ、客足の途切れたつる家の入れ込み座敷。いつもの席で、戯作者《げさくしゃ》清右衛門が絶句している。その隣りで、坂村堂《さかむらどう》は丸い目をきょとんとさせて、おりょうを見た。

「つまり、澪さんは来月七日に吉原の翁屋へ、花見の宴の料理を作りに行くことになった、とこういうことですか？」

そうなんですよ、とおりょうが頷いてみせる。

「あたしゃ、その場に居合わせなかったんで詳《くわ》しい様子はわかりませんけどね。ともかく澪ちゃんがその話を受けちまったんで、今、宴の献立作りに悩んでるところなんですよ」

吉原廓《くるわ》の花見の宴ですか、と坂村堂は泥鰌髭《どじょうひげ》を撫《な》でながら、うっとりした表情になった。

「さぞかし夢のような光景なのでしょうねぇ。昨年はあさひ太夫を探るために、清右衛門先生には足繁《あししげ》く翁屋へ通って頂きましたが、それでも『上客』と呼ばれるのは夢のまた夢」

ごほん、とわざとらしく戯作者が咳払《せきばら》いをして、版元《はんもと》を睨《にら》みつけた。

「祝儀に目が眩んでそんな話を受けるとは、ここの料理人は大馬鹿者だ」

「あら、どうしてです」

おりょうが坂村堂を押しのけるようにして、清右衛門に迫った。

「大見世の楼主に料理の腕を買われたんですよ。受けない方が変でしょう」

ふん、と清右衛門は大きく鼻を鳴らす。

「廓で湯水の如く金を使って、初めて上客になれるのだ。食に対する嗜好《しこう》もまともではない。そんな輩が、この店で出すような料理を求めると思うのか」

箸で膳の上の料理を摘《つま》んでみせて、さらに言い募《つの》る。

「見てみろ、これを。独活《うど》の皮のきんぴらだ」

「美味《おい》しゅうございますよねぇ」

丸い目を細めて頷いてみせる坂村堂を、この馬鹿者、と清右衛門が一喝した。

「皮だぞ、皮。一晩に何十両、下手をすれば何百両と浪費する者が、こんな貧乏臭い料理を喜ぶと思うのか」

食べないのかと思いきや、そのきんぴらを口に放り込んで、清右衛門はおっ、と軽く目を見張った。そのまま箸が止まらない。黙々と食べ切って、空になった器をおりょうにぬっと差し出した。お代わりを寄越《よこ》せというのだ。まあ、とおりょうは呆れ、坂村堂は俯いて笑いを堪えていた。

一連の遣《や》り取りは、調理場で宴の献立について思案していた澪の耳にも届く。春菊を洗う手を止めて、澪は深く吐息をついた。

清右衛門の言う通りなのだ。料理番付に載ってからは、明らかに身形《みなり》の違う裕福な商人や、身分の高い武家も訪れるようになった。白魚《しらうお》や鯛《たい》などの値の張る食材も、お客に喜んでもらおう、と店主自《みずか》ら無理をして、澪に思うまま使わせてくれる。しかし、つる家の暖簾を潜る大半は、倹《つま》しい暮らし向きを守る庶民や、懐寂《さび》しい侍なのだ。手間暇かけて拵《こしら》えた美味しい料理を出来るだけ安価に供するのが、つる家なのだから。謝礼に目が眩んだからではない。

それでも、料理を出す以上は翁屋の上客たちに喜んでもらいたい、と願う。謝礼に目が眩んだからではない。食べる側の喜びは、作る側の喜びにも通じるのだ。

天満一兆庵《てんまいっちょうあん》の主人、嘉兵衛《かへえ》ならばどうしただろう。澪は息を詰めて往時に思いを馳《は》せる。だが、天満一兆庵の上客にしても、始末が身上《しんじょう》で、名より実《じつ》を取る大坂商人。金銭に対する考えの根本が違えば、求める食も異なるのではなかろうか。

澪は弱々しく首を振り、吐息を重ねた。

こんな時、小松原《こまつばら》さまが居れば……。そう思いかけて、三度、吐息を洩らす。そんな澪の様子を、間仕切りの向こうからふきが心配そうに覗き見ていた。

中坂《なかさか》に雛市《ひないち》が立ち、つる家の座敷の飾り棚にも、一対《つい》の可愛《かわい》らしい玉子形の土雛が据えられた。昨年、店主の種市が、澪とふきのために買い求めたものだ。

昼餉を取るために座敷に上がったお客たちが、その土雛を見て、

「おお、季節だねぇ」

と、目を細める。

如月も残すところ四日ほどになっていた。調理場で、澪は小さく吐息をつく。翁屋

の花見の宴に出す料理の献立はまだ決まっていない。

その日、最後のお客を送り出して、包丁の手入れも済ませ、煮洗いした布巾を干しに勝手口から表へ回った。何かが闇の中で動いたような気がして、澪は、はっと身構えた。月の出は遅く、周辺は真っ暗なのだが、九段坂を下りて俎橋《まないたばし》へと向かうかりんとう売りの大きな提灯《ちょうちん》が、その何かを映しだす。

杓文字《しゃもじ》を手にした、ふきだった。

あら、と小さく呟いて、澪は少女をじっと見守る。手にした杓文字を上から下へと大きく振ること数回。あれは、と澪は首を傾《かし》げた。

辻《つじ》に立って東西南北に杓文字を振るのは、上方《かみがた》では客寄せのまじないだ。澪自身は、小松原を招き寄せたい時に使ったことがある。どうしてふきが、と不思議に思いながら佇《たたず》んでいると、ふきの方で澪に気付いた。

「澪姉さん」

気まずそうに俯いた少女に、澪はそっと歩み寄る。

「ふきちゃん、どうかしたの？」

澪の問いかけに、ふきはもじもじするばかりだ。その時、九段坂を下ってくる足音が聞こえた。足音の主は立ち止まり、こちらを窺《うかが》う。

「そこに居るのは誰か」

提灯を差し伸べて、尋ねる声。懐かしくて愛おしい、想いびとの声。

どくん、と跳ねた心《しん》の臓を押さえ、澪は灯《あか》りに向かって一歩、踏み出した。

「小松原さま」

「おう、下がり眉か」

澪の後ろでふきが、ぴょんと跳ねる。そしてそのまま、弾むように店の中へ駆け込んでいった。


「吉原廓の宴席に料理を？」

口に運びかけていた盃《さかずき》を止めて、小松原が種市を見た。つる家の調理場の板敷。店主は頷きながら、自分の盃にもちろりの酒を注《つ》ぐ。

「そうなんでございますよ。小松原の旦那、何かお澪坊に良い知恵を貸してやっておくんなせぇまし」

いやなこった、と小松原は、苦い顔で盃に口を付ける。

「文殊菩薩《もんじゅぼさつ》じゃあるまいし、ひとに貸す知恵なんぞ持ち合わせておらん」

ふたりの遣り取りを聞きながら、澪は、干した鱵《さより》を七輪で焙《あぶ》る。小松原の顔を見るなり早々と今夜の泊まりを決めた芳は、ふきを連れて先に二階へ上がっていた。

ふきちゃんは私のために、杓文字で小松原さまを招き寄せようとしていたんだわ。店主の小松原への懇願を耳にして、漸《ようや》くそのことに気付いた澪だった。種市もふきも、それに芳も、それぞれに今度の献立のことで気を揉《も》んでくれているのだ。申し訳のない思いで、澪は眉を下げる。

「おい、下がり眉」

唐突に小松原が澪を呼んだ。

「何やら焦《こ》げ臭いぞ」

はっ、と手もとを見る。鱵がぶすぶすと煙を上げていた。

「済みません、すぐに焙り直します」

うろたえる澪に、良いから寄越せ、と小松原はぬっと皿を差し出す。

「勿体《もったい》ないからな」

言い訳するように言って、男は焦げた干物をがしがしと噛《か》む。その横顔を眺めていた種市は、ふっと頬を緩めて板敷を這《は》いおりた。

「お澪坊、あとを任せて良いかい？　俺も歳《とし》だ、何だか疲れちまってよぅ」

少しも疲れの滲《にじ》まない声で言うと、種市は澪の返事も聞かずに、調理台に置かれていた徳利と湯飲みを手に、そそくさと内所《ないしょ》へ引き上げてしまった。

落ち着け、落ち着け、と自身に言い聞かせ、茹《ゆ》でて水に放《はな》った春菊を絞る。

「ほう、浅蜊の剝《む》き身と春菊を和えたのか」

小鉢の中をしげしげと見たあと、箸で口に運ぶ。たちまち目尻にぎゅっと皺《しわ》が寄った。良かった、口に合ったのだ、と澪は盆を胸に抱え込む。思えば、今年になって初めての小松原の来訪だった。これからも、こんな風に目尻に皺を寄せてもらえる料理を作り続けたい、と澪は心の中で祈る。

「吉原の翁屋と言ったな」

ふいに切り出されて、澪は戸惑った。

「ご存じなのですか?」

「名前だけはな。吉原廓の中でも大見世だ」

ちろりの酒を自分で注いで、小松原はにやりと笑う。

「不味い喜の字屋の仕出しに慣れきった舌なのだ、存外、何を食っても旨いと思うのではないか。雑巾《ぞうきん》の煮たのでも出してやれ」

まあ、と澪は呆れて、口を尖らせた。

「小松原さま、あんまりです。この次は小松原さまに古草履《ぞうり》を漬け焼きにしたのを出しますよ」

ぶっ、と口に含みかけた酒を噴いてしまった小松原である。その姿に澪が笑い、仕方なさそうに小松原も苦く笑いだした。

今、この刻《とき》を切り取って仕舞っておきたいような。澪は甘くも切ない想いを隠して、燗《かん》の様子を見るために、板敷をおりた。

「誰が言い出したのか定かではないが、食通の求める贅沢《ぜいたく》料理は三種あるのだとか」

後ろで、男が独りごとのように呟いた。気になって澪は男を振り返る。小松原はちらりと澪を見ると、酒を干して盃を置いた。

「ひとつは金目鯛の目玉ばかりをあら煮にしたもの、ひとつは鮑《あわび》おろし、今ひとつは白魚の踊り食い」

慌てて板敷に這い上がると、澪は男に問う。

「目玉ばかりのあら煮？　何のためにそんなことを？」

そもそも、金目鯛という魚を知らない澪である。さあな、と男はまたにやりと笑って、娘と入れ換わるように板敷をおりた。

「贅沢を極《きわ》めれば、さようなものを有り難いと思うやも知れぬ。廓の上客をただ喜ばせたいのなら、そうした料理を出せば良い」

おおそうだ、と袂《たもと》に腕を突っ込んで銭を出すと、膳の上にぽんと置く。澪は両の眉を下げたまま、身を乗り出して小松原を求めた。

「その三つを出せば良い、と？　本当にそれで良いのでしょうか」

さあなぁ、と男はとぼけてみたものの、娘の下がり過ぎた眉を見て、口もとを綻《ほころ》ばせた。

「料理でひとを喜ばせる、とはどういうことか。それを考えることだ」

さらりと言い置いて、小松原は澪に送らせることもせず、さっさと帰ってしまった。

小松原の去った勝手口に佇んで、澪は想う。

どうしてあのかたは、いつも難しい謎《なぞ》かけばかりするのだろう、と。


早朝の化け物稲荷《いなり》には、柔らかな春の陽《ひ》が一面に降り注いでいる。

冬の間、楠《くすのき》の緑ばかりが目立った境内《けいだい》も、この時期、一斉に草の緑が萌《も》え始めた。祠《ほこら》の周囲にも野生の三つ葉が「摘《つ》んで、摘んで」と言わんばかりに、澪の膝をくすぐっている。祠に参り終えると、澪は顔を上げて神狐《しんこ》を見た。相変わらず、ふふっと笑った目をしている。

「やっぱり野江ちゃんによう似てはるわ」

くに詫りで呟くと、手を伸ばして、その欠けた耳をそっと撫でた。

もうすぐ、野江の居る翁屋へ行ける。たとえ逢うことは叶わずとも、その傍まで行ける。この度のこと、野江ならばきっと、あれこれと案じているに違いない。首尾よく終わらせて安心してもらえたら……。

——あさひ太夫をお前が身請けしてやれ
清右衛門の声が耳もとに蘇《よみがえ》る。

その示された道筋の遠さに、澪はくっと唇を引き結ぶ。天満一兆庵の再建、野江の身請け、ともに今のままでは成し遂げることは難しい。否《いや》、到底望めないのだ。だから と言って、諦めることも出来ない。澪は息を詰めて神狐を見つめた。

神狐はやはり、ふふっと笑ったままだ。その足もとに駒繋《こまつな》ぎの枝が揺れていた。落葉した寂しい姿ながら、茶色く乾いた豆果《とうか》が幾つか、下がったままになっている。今は見る影もないけれど、季節が巡ればまた、可愛らしい房《ふさ》状の赤い花を咲かせてくれるだろう。

——その花は、いかなる時も天を目指し、踏まれても、また抜かれても、自らを諦めることがない
想いびとの声が、悩む澪の胸に響く。

顔を上げ、天を振り仰《あお》ぐ。恐れず、諦めずに、自ら選んだ道を行こう。そう、道はまっすぐ続いている。そう信じ続けよう。


「金目鯛だ？」

調理場の板敷で、遅い賄《まかな》いを食べていた店主が、澪の問いかけに首を捻《ひね》っている。

「俺ぁこの江戸で六十七年いきてるが、そんな魚、見たことも聞いたこともねぇぜ。あ、おりょうさん、お前さんはどうだい？」

膳を下げてきたおりょうも、あたしも知りませんねえ、とやはり首を傾げた。

「でも、食い意地の張った戯作者先生か、食通の坂村堂さん、あのふたりならどちらかが知ってるんじゃないですかねえ」

両手が塞《ふさ》がっているので、おりょうは顎で座敷の方を示してみせる。食事に来ているお客にそうしたことを尋ねるのが憚《はばか》られて、澪は黙って首を横に振った。

「遠慮してる場合じゃないよ、澪ちゃん。明日《あした》っから、もう弥生なんだ。そうそう日が残されてるわけでなし」

汚れた器を流しに置くと、おりょうは躊躇《ためら》う澪を引っ張って、入れ込み座敷の清右衛門たちのところへ連れていった。

「何だ、この店は」

おりょうから話を聞き終えると、清右衛門はむっとした顔になる。

「銭を出して食事に来た客を捉《つか》まえて、相談事か。全《まった》くもってけしからん」

まあまあ、と坂村堂が戯作者を宥《なだ》めた。

「清右衛門先生も、吉原の花見の宴に出す料理には興味をお持ちでしたでしょう。よもや金目鯛をご存じないわけではありますまい」

「当たり前だ」

清右衛門、すでに食べ尽くした膳を坂村堂の方へ押しやり、頭から湯気を立てて立ち上がった。

「不愉快だ。実に不愉快だ」

どすどすと腹立ち紛《まぎ》れに畳を踏み鳴らして帰っていくその後ろ姿に、坂村堂はちょっと舌を出してみせる。

「清右衛門先生ですらご存じないのです。ほかのどなたも知らなくて当然でしょう」

芳が運んできたお茶を啜《すす》りながら、坂村堂は楽しそうに笑った。

「坂村堂さんはご存じなのですか？」

澪の問いかけに、版元をやっていますからね、と坂村堂は頷く。

「錦絵《にしきえ》の題材になる珍しい魚を、と絵師に頼まれることも多いのです。その金目鯛というのも、たった一度だけですが、手に入れたことがあります。色々と本当に苦労しました」

両の掌を一尺（約三十センチ）ほどの幅に広げて、このくらいの大きさでした、と坂村堂。

「全身は真っ赤、目がやたらと大きくて、金色に見えないこともない。名前の由来はその辺りでしょう」

海の深いところに棲《す》んでいるらしく、滅多に獲《と》れない珍魚だと聞いて、澪は肩を落とした。なるほど滅多に獲れない魚だからこそ、その目玉だけを集める、というのは至難の業《わざ》。贅沢の極みを尽くした食通が求めるのも、当然と言えば当然だった。

「翁屋の楼主は、金に糸目はつけない、と仰《おっしゃ》ったのですよね。だったら全く無理、というわけでもないでしょうが」

坂村堂は思案顔で、果たしてそんなに美味しいものでしょうかねえ、と呟いた。

夕七つ（午後四時）。

「大根卸《おろ》しじゃあるまいし、鮑を卸すだなんて、何の冗談なんだろうね。澪ちゃんが悩むのも当たり前さ」

　ひと足先に帰り支度を整えながら、おりょうがつくづくと洩らした。

「大体、白魚の踊り食いだなんて、わけがわからないよ。踊りながら食べるのかねぇ、だとしたら大したお行儀だよ」

　それは、と澪は考えながら口を開いた。

「食べるひとが踊るのではなく、食べられる魚が踊るのだと……。多分、生きたまま、ぴちぴちしたのを食べるんだと思います」

　あら、いやだよぅ、とおりょうはお腹《なか》を押さえて笑いだす。ひとしきり笑い転げると、目尻の涙を払いながら言った。

「何も生きたまま食べなくても良いだろうにねぇ、可哀《かわい》そうに。あたしゃ、生まれ変わっても白魚だけは御免だよ」

　からからとまた笑いだして、おりょうは太一のもとへと帰っていった。

　ひとりになった調理場で、澪は、ふう、と溜め息をつく。金目鯛の目玉も卸した鮑も、それに生きたままの白魚も、料理人として誰かに供したいとは、どうしても思えなかった。

澪、澪、と芳が呼んでいる。その声に、澪ははっと目覚めた。

「ご寮《りょん》さん」

開け放たれた戸口から、朝の光が差し込んでいる。汲《く》んできた水を甕《かめ》に移し替える芳の姿がそこにあった。寝過ごしたのだ、と気付いた澪は青くなって飛び起きる。

「ご寮さん、済みません」

「構へんよって、早《はよ》う顔を洗《あろ》うてきなはれ」

朝方まで眠れなかったことを知っているのか、芳は気遣うように手拭《てぬぐ》いを差し出した。

井戸端に桶を置いて、汲み取った水でばしゃばしゃと顔を洗う。弥生一日の朝だ。明《あ》後日《さって》の「三方よしの日」までには翁屋で用意してもらう食材を決めて、又次に伝えなければならない。大丈夫なのか……否、大丈夫でなくても大丈夫にしなければならない、と澪は胸に宿った不安を払うように、ばしゃばしゃと勢いよく顔を洗った。

身仕度もそこそこに、部屋を飛び出す。明神《みょうじん》下を走り抜け、昌平《しょうへい》橋を渡り切ったところで、息が乱れた。立ち止まって、荒い息を整える。

「澪さん」

背後から、聞き覚えのある声がかかった。

息を弾ませながら振り返ると、薬箱を手にした源斉がにこやかに笑っている。

「源斉先生、お身体は？」

澪は橋を戻り、源斉に駆け寄った。十日ほど前に比して、見違えるほど血色が良い。

「もう大丈夫。澪さんの白粥のお陰です。あれから食欲が戻りました」

色々とありがとう、と青年医師は折り目正しく礼を言って頭を下げる。そんな、と恐縮しながら、澪はふと、この度のことを源斉に相談してみよう、と思いついた。

「そうですか、そんなことが」

神保小路《じんぼうこうじ》の方へ往診に行くという源斉は、話を聞き終えて、澪を振り返った。

「白魚と言えば、決して安い魚ではないけれど、今は望めば食べることは出来ます。しかし、昔は御留魚《おとめ》――家康《いえやす》公の好物ゆえに他に出回ることはなかったのだとか」

まあ、と澪は両の眉を少し下げた。家康公と言われても、大坂生《なご》まれの身、あまり思い及ばない。そんな娘の胸中を察したのか、源斉は目もとを和ませた。

「佃《つくだ》の白魚は、今も変わらず公方《くぼう》さまへ献上される、と父から聞いています。それに白魚はひ弱な魚で、水から上がるとじきに死ぬ。仮に踊り食いが叶うとすれば、獲った傍から食べるほかないのです。それを考えると、なるほど贅沢な料理ですよね」

ただ、と青年医師は視線を天に向けて、考えながらこう続けた。

「食通だから、贅沢なものを食べ慣れているからと言って、果たしてそうした奇抜な料理を本当に美味しいと思うものでしょうか」

だから悩んでいる、という言葉を澪は飲み込んで、俯いた。

「ごめんなさいよ」

ふたりの傍《かたわ》らを花売りの老婆が、ちょきちょきと鋏《はさみ》を鳴らしながら、通り過ぎていく。荷の中の八重桜が微《かす》かに香った。源斉は促《うなが》すような眼差しを澪に向け、先に歩き始めた。

「この前、白粥を食べていて思いました。どうして澪さんの料理はこんなにも美味しいのか、と」

疲れが溜まり、何を食べても美味しいと思えなくなっていた。だが、澪の作った白粥は胃の腑《ふ》に優しくおさまり、もっと食べたい、と思えた。

「それは多分、あなたが食べるひとの身を思って料理しているからだろう、と気付きました。美味しく食べてほしい、食べることで健やかになってほしい、と」

澪は、源斉の背中に向かって、小さく答える。

「口から摂るものだけがひとの身体を作る——以前、源斉先生にそう教えて頂きました」

覚えていてくださったのですね、と青年医師は振り向いた。口もとから白い歯が零《こぼ》れる。

「あなたらしく料理すれば良い。吉原廓の上客だから、と構える必要はないと思いますよ」

簡単そうで、それが難しい。澪の眉が一段と下がったのを見て、源斉はさらに言い添えた。

「この度の宴はあさひ太夫とはかかわりのないものでしょうが、太夫に食べてもらいたい、と思う料理を作ってみてはどうですか」

あさひ太夫に……野江ちゃんに食べてもらう料理。

頭の中にかかっていた靄《もや》がすっと消えていく。野江に桜の花を眺めながら食べてもらいたい料理……それならまずは出汁《だし》のたっぷり効いた、甘くない玉子焼きだ。桜鯛は塩焼きに、そうだ、昆布締めも良い。柔らかい早筍が手に入れば若布《わかめ》と合わせて若竹煮。甘いものもほしい。あれもこれも、と次から次に作りたい料理が溢《あふ》れだす。

娘の双眸《そうぼう》がきらきらと輝きだしたのを見て、源斉は目を細めて頷いた。

「それじゃあ、格別難しいことはしねぇのか」

木の芽を擂り鉢で擂りながら、又次が意外そうに声を上げた。

ええ、と澪は大根を千切り《せんぎ》にする手を止めずに応《こた》える。

「翁屋さんに甘えて、いつもは手の出ない走りの食材も用いますが、主に旬のものを使って、食べて滋養になるような料理を、と」

そうか、と又次は短く言って頷いた。

「お澪坊、又さん、今日も宜《よろ》しく頼むぜ。俺ぁこいつを表へ貼《は》ってくるからよ」

内所から顔を出した種市が、「三方よしの日」と書かれた紙を示す。

弥生に入って最初の「三方よしの日」は雛祭りと重なった。それに合わせてつる家の昼の献立は、雛祭りの膳である。

「蛤《はまぐり》の澄まし汁に、紅白膾《こうはくなます》、小豆飯《あずきめし》、それに木の芽味噌の豆腐田楽《でんがく》、か。女子供《こども》の食いものだ、と苦情が出たりしねぇのか」

眉根を寄せて心配する又次に、澪は、くすくすと笑う。昨年の雛祭りのことだ、澪自身も全く同じ心配をしたことを、懐かしく思い返す。

「雛祭りの膳は、所帯を持って娘を授かった父親でないと、口にする機会がないでしょう? だから逆に面白い趣向だ、と喜んでもらえるみたいなんです」

そんなものか、と又次は半信半疑の顔で木の芽を擂り続ける。

つる家のお客は所帯を持っていない職人も多く、そうした男たちは飾り棚の雛人形をくすぐったそうに見て、昼餉の雛祭りの膳におっかなびっくり箸を付ける。そして何とも満ち足りた顔で帰っていくのだ。間仕切りからその様子を見守って、又次は、なるほどな、と感嘆の声を洩らした。

七つになり、雛祭りの膳を外して肴《さかな》を揃えたのだが、意外にもこの膳で酒を飲みたがる客が跡を絶たなかった。小豆飯を新たに炊く羽目になった又次は、しかし少しも厭《いと》わずに火を操る。

「雛祭りってのは、今日一日限り。野郎にとっちゃ、常にはないことだ。ありふれてねぇ、ってのは、それだけで何とも心が弾む」

又次の言葉に、調理の合間を縫って野江のためのお弁当を拵《こしら》えていた澪の手が、ふっと止まった。

何だろう、今、何か心に引っかかった。

平蒔絵《ひらまきえ》の弁当箱に詰めている、その手もとに目を落として、澪は一心に考える。海苔《のり》を巻き込んだ、玉子の巻き焼き。俵《たわら》形の握り飯。これは毎回入るものだ。あとは紅白膾に豆腐の田楽、焼き鰈《がれい》。どれも、これまでお弁当に詰めた覚えがある。花見の宴に予定している献立も、これらの料理と重なる味が多い。食材の持ち味を引き出し、滋味滋養になるような料理。澪が作ろうとしているのはそうした料理だ。しかし、そこにはもしかすると驚きは少ない。

上客相手の吉原廓の花見の宴も、雛祭りと同じ、一日限りのもの。

――料理でひとを喜ばせる、とはどういうことか。それを考えることだ

ふいに小松原の声が降ってきた。

そう言えば、何故《なぜ》あの時、小松原は三種の料理の話をしたのだろうか。食通が好むという三種の贅沢料理……。

もしや、と澪は吸った息を吐き出せずに身を固くする。

ありふれていないこと。

そうだ、ありふれていないことだ。

花見の席で口にする料理なのだから、常と同じでは足りない。桜を愛《め》で、この春の刻を惜しむような……そんな料理を供することが即《すなわ》ち、料理でひとを喜ばせる、ということ。小松原が伝えようとしたのはこのことだ。

澪は両手を握り締め、震えながら勝手口から外へ出た。

「澪さん、どうした」

又次の案じる声が追い駆けてくる。

井戸水で顔を洗いたかった。そうしないと考えがまとまらない。手もとの暗い中、桶に水を汲み、井戸端に蹲《うずくま》ってばしゃばしゃと乱暴に顔を洗う。

ありふれていないこと。

でも、どうすれば、ありふれていない料理を作れるのか。それがわからない。

袂から手拭いを抜き、濡《ぬ》れた顔を拭う。

「大丈夫か」

灯明皿《とうみようざら》を差し伸べ、又次が勝手口からこちらを窺っている。薄い灯りが周囲をかすかに照らした。すぐ戻ります、と言いかけて、澪は何かに呼ばれたような気がして、足もとを見た。一輪の蒲公英《たんぽぽ》。灯明皿の淡い光を集めて、鮮やかな黄色に輝いている。

澪はそっと手を伸ばして、愛らしい花を撫でた。蒲公英はこの季節、野で摘んで和《あ》え物にすることの多い、美味しい青菜だ。

蒲公英を使ってみようか。否、それでも「ありふれた」感じは拭えない。蒲公英ではなく……。

いきなり、脳裡《のうり》に大坂の大川の土手の景色が広がった。一面の菜の花。その黄色い波に溺《おぼ》れそうになって、幼い野江と自分とが笑っている。

はっ、と澪は顔を上げた。

空の低い位置に浮いていた三日月が何処かへ去り、今は柄杓《ひしゃく》の形に星が瞬《またた》いている。風のない、暖かな春の夜だ。

「菜の花？」

芳と澪、ふたりの女を守るように、ひと足先を歩いていた又次は、怪訝《けげん》な顔で背後を振り返った。

「どの菜の花だ？」

「どの菜の花、って」

又次の問いかけを繰り返して、澪は戸惑う。

「種から油を取る、菜種の花のことです」

澪の返事を聞いて、又次は、ああ、油菜《あぶらな》のことか、と頷いた。

「芥子菜も小松菜も似たような花が咲くから、どれのことかと思ったぜ」

「言われてみれば確かにそうだすなあ」

芳が感心したように洩らした。

「大坂は菜種油の産地やさかいに、菜の花いうたら、菜種のあの黄色い花しか思い浮かばへんのだす」

春には一面が黄色の紗《うすぎぬ》を広げたようになる、と聞いて、又次は、ほうと溜め息を洩らした。

「そりゃあ見事だろうな。馴染みの油問屋の旦那から聞いたことがあるが、江戸で使う菜種油の大半は大坂から運ばれるんだとか。下《くだ》りものに頼らない菜種油はおかみの悲願で、作付けも年々増えつつあるが、まだまだ足りないそうな」

ああ道理で、と澪は大きく頷く。

「この界隈では、菜の花の群れている景色を、あまり見ないわけですよね」

幼い日、澪が菜の花のまだ蕾《つぼみ》のものを持ち帰ると、母わかは、それを澄まし汁の具にしたり、塩漬けしたり、と工夫して食べさせてくれた。調理された菜の花は、ほろりと苦く、噛み締めるうちに口の中に春の息吹《いぶき》が広がる。父伊助《いすけ》は、これらを自身が塗った朱塗りの器で食べることを、この上なく好んだ。

水害でふた親を失って暫《しばら》く、口にすることはなかったのだが、ある時、天満一兆庵の賄いにそれを用いたところ、主の嘉兵衛にことのほか褒《ほ》められたのだ。

「何だって」

澪の思い出話に耳を傾けていた又次が、裏返った声を出した。

「油菜を蕾のうちに食べるだと？」

心底驚いたのだろう、手から提灯を取り落としそうになり、慌てふためいている。

又次のそんな姿は珍しく、澪と芳とを大層戸惑わせた。

そないに驚かはることなんだすか、と芳は不思議そうに首を傾げる。

「茎立ち《くくた》、いうて茎を食べることはおますやろ。茎立ちの和え物は、お菜の番付表でも見かけたように思いますし。古ぅはそれこそ芥子菜やほかの葉物と同じように、青物として食べられてた、と思うんだすが……。ただ、茎や葉を調理することはおますが、菜の花を蕾のうちに、いうのは天満一兆庵でも珍しおました」

「当たり前だぜ。蕾のうちに摘《つ》んで食うなんざ、聞き捨てなんねぇ」

冷や汗でもかいたのか、又次は手の甲で額《ひたい》をぐいっと拭う。

「大昔ならともかく、油菜は、今はその種から油を取るための貴重なものだ。油菜の花の揺れる景色ってのは、小判が揺れてるに等しいのさ。それを蕾のうちに採《と》っちまうなんざ、罰当《ばちあ》たりにもほどがある。公方さまならいざ知らず、そんな贅沢……」

言いかけて、又次はふっと黙り込んだ。暫く考え、恐る恐る口を開く。

「澪さん、あんた……まさか……油菜の花を」

澪はこっくりと頷くと、帯の間に挟んでいたものを取り出した。小さく畳んだ文《ふみ》だった。

「楼主の伝右衛門さまにお渡しください。用意して頂くものを書きとめておきました」

翌朝。翁屋から届けられた荷を見て、つる家の店主、種市は深く悩んでいた。

「こいつぁ一体、何なんだよぅ」

背負い籠《かご》ごと置かれたのは油菜のような。よくよく見ると、幾分花が綻《ほころ》びかけたものも混じるが、大半は蕾だ。さらに開花した桜の枝も、ひと籠分どっさり。

「旦那さん、お早うございます。あら」

勝手口から入って来るなり、澪は荷を認めて、華やかな声を上げた。

「届いたんですね。ああ、良かった」

「おい、お澪坊、宗旨《しゅうし》替えして花屋でもおっ始《ぱじ》めよう、ってぇのかよぅ。ここはひとつ、俺にもわかるように話してくんな」

あとをついて回る種市に構わず、澪は籠から花を取り出し、咲き具合を見て仕分けし、長めに茎を落とす。井戸端に桶を置いて、取り分けておいた花蕾《からい》を丁寧に洗いだした。

「そいつぁ、油菜じゃねぇのか？　そんなもん、一体どうすんだよぅ」

あまり幾度も問われるので、やれやれ、と澪は濡れた手を前掛けで拭いながら答えた。

「どう、って。料理するんですよ」

げっ、と種市が後ずさった。

「くく食う、ってことか？」

「そうです」

げげっ、とさらにもう数歩。

「お澪坊、どうかしちまったんじゃねぇのか。油菜ってなぁ、菜種油を取るためのものなんだぜ。こいつらだって、どう見ても土手っ原で勝手に咲いたもんじゃねぇ。畑で大事に育てられて、末は小判に換わるはずの花じゃねぇか」

「だから良いんです」

少し蕾が綻びかけたものは塩と梅酢で、蕾が固いものは塩だけをして、それぞれに重石《おもし》をかけて漬け込む。一緒に届いた八重桜も枝から軸を外して洗い、同じ手順で漬け込んだ。

「何だ何だ、漬け物にして食うのか」

「半分当たってます」

種市との遣り取りが楽しくて、澪は、うふふ、と笑いだす。

幸せそうに調理する澪の姿を種市は暫くの間、眩《まぶ》しそうに眺めた。邪魔にならないようにそっと調理場を出る時、小さく呟いた。

「仕入れ値やらお客の懐やらを気にせず、好きな食材を使って思う存分料理をする……本当は、お澪坊みてぇな才のある料理人には、そっちの方が相応《ふさわ》しいのによう」

溜め息とともに吐き出された店主の独りごとは、しかし夢中で作業を続ける料理人の耳には届かなかった。


弥生七日、花見の宴の当日を迎えた。

前夜は芳と一緒につる家に泊めてもらい、未明に起床して翁屋へ行く準備を整える。塩をして重石をかけると、食材の嵩《かさ》は哀《かな》しいほど減っていた。菜の花も八重桜もぎゅっと絞って重箱に入れ、風呂敷《ふろしき》に包んだ。

「お澪坊、用意は済んだのかい」

邪魔にならないように、と内所に控えていた種市たちが顔を覗かせる。

「はい」

応える声が、緊張のために固い。使い慣れた包丁に俎板、箸などを持ち込むために結構な荷物になる。吉原へは途中まで駕籠《かご》を使うことになっていた。

「澪、朱塗りの器は、持っていかんでもええのんか?」

荷を覗いて芳が尋ねると、澪はこっくりと頷いた。

「向こうで用意して頂くことになっています」

ふきが入口に回って戸を開け放ち、朝の空気を通す。春の香りを含んだ風が、店の中を通って勝手口へと抜けていく。戸口から外を覗いて、芳が晴れやかな声を上げた。

「東の空が綺麗な菫《すみれ》色だす。じきにお天道《ひい》さんがのぼる。ええ天気になりますやろ」

芳の滑《なめ》らかな声を耳にして、澪は、そうだ、と風呂敷を解くと、重箱の中から塩漬けの八重桜を取り出した。

「ひとつだけ、試させてください」

内側が真っ白な茶碗に、くしゃくしゃに縮んだ桜をひとつ。そこへ熱湯を注《そそ》ぐ。

「本当は、もう少し長く漬けておければ良いんですが」

何が始まるかわからない種市とふきは、固唾《かたず》を呑んでいる。四人が見守る中で、湯の中の塩漬けの桜が徐々に固い身を解《ほぐ》し、薄い花弁が湯の中でたおやかに開いていく。見る間に満開の桜花となった。

はあ、と店主と下足《げそく》番は同時に大きく息を吐いた。ふたりとも、言葉が上手《うま》く見つけられないように、じっと満開の桜に見入った。

澪は芳を見る。芳は、優しい笑みを口もとに浮かべて、幾度も頷いてみせた。

上野から三ノ輪《みわ》へ出て日本堤《にほんづつみ》へ。幾度か通って見覚えのある道を駕籠は進む。生まれて初めて乗った駕籠は揺れが激しく、澪は風呂敷を胸に抱え、両手で紐《ひも》に縋《すが》って耐えた。衣紋坂《えもんざか》を下り、大門《おおもん》の手前で駕籠を下りる。

驚いたことにそこに翁屋の楼主、伝右衛門が待ち構えていた。

「文にあったものは全《すべ》て用意した」

伝右衛門の表情が強張《こわば》っている。楼主にとっても今日の宴席は、廓の大見世としての意地と誇りがかかっているのだ。澪は身を固くしたまま、楼主自ら用意してくれた切手を持って大門を潜る。

五つ（朝八時）。泊まり客と後朝《きぬぎぬ》の別れを交わしたあとの遊女たちは、二度寝のまどろみの中に居るのだろう。その眠りを妨げないように、仲の町はしんと静まり返っていた。通り中央、遥《はる》か彼方《かなた》まで連なって植えられた桜は四分咲き。思ったよりも蕾が目立つ。通りの両側には引手茶屋が建ち並ぶ。その開け放した二階座敷から眼下の桜を愛《め》でながらの花見の宴は、さぞかし雅《みやび》なものだろう。

「料理は翁屋さんで作って、茶屋へ運ぶのですか？」

澪の問いかけに、伝右衛門は首を横に振る。

「宴席は翁屋の二階座敷だ。あまり目立ちたくないのでね」

桜を見ずに花見、と戸惑う娘に構わず、伝右衛門は低い声でこう続けた。

「料理人のお前さんには関係のないことだが、ひとつ、断っておきたいことがある」

何でしょうか、と澪は足を止めて楼主を見上げた。伝右衛門の眉間《みけん》に皺が寄る。

「客の中にひとり、医者に化けた僧侶《そうりょ》が……まだ若いのだが僧正《そうじょう》の身分の者が居る」

僧侶が遊女と情を交わせば女犯《にょぼん》となり、日本橋の袂に三日間晒《さら》される。剃髪《ていはつ》は医者に多いことから、墨染《すみぞめ》の衣《ころも》を羽織に着替え、医者に化けて大門を潜るのだ、という。

しかも、と言いかけて、伝右衛門は暫く黙った。

今日一日だけの料理番に何処まで話すべきか、逡巡《しゅんじゅん》しているように見えた。

「ただの僧正ではない……極めて公方さまの筋に近いご落胤《らくいん》、とだけ言っておきましょう。くれぐれも、粗相のないように頼みます」

迷った割りにはさらりと言って、伝右衛門は、行きますよ、と澪を促した。

武家に馴染みの薄い大坂娘。公方さまだ、ご落胤だと聞かされても、どれほどのことなのか実感がわかない。それよりも、と澪は楼主の背中に問いかけた。

「お出しするお料理は、精進《しょうじん》でなくとも良いのでしょうか」

「建て前は医者、こちらもそのように迎えるつもりだ。怖《おそ》れることはない」

答える伝右衛門の声は、僅《わず》かに尖っていた。


江戸町一丁目、翁屋。

屋号を染め抜いた長暖簾を潜ると、土間。その奥がこの見世の台所になっている。右手側、板の間の奥は内所。内所はそのまま広間へと繋がっている。常はそこで遊女らが食事を取るのだろうが、今は人の気配はなかった。

「宴は八つ半（午後三時）から暮れ六つ（午後六時）。暮れ六つまでは他の客を上げないので、翁屋の物でもひとでも、存分に使って良い」

台所の入口に立ったまま、伝右衛門は顎で中を示す。小さな竈《かまど》が三つ。大きいのが二つ。いずれも薪《まき》をくべられて、何時《いつ》でも使えるように整えてあった。

「澪さん」

竈で湯を沸かしていた又次が、澪を認めて立ち上がった。

「言われた通りのものを、揃えさせてもらったぜ。見てくんな」

葉蘭《はらん》を敷いた笊《ざる》には、見事な鯛。この時期ならではの艶《つや》やかな桜色の肌が匂《にお》い立つようだ。鰈《かれい》に独活《うど》、昆布も良い。白魚も未《ま》だきらきらと透《す》き通った身を保っている。それに何より、と澪は台所の隅《すみ》に置かれた幾籠もの菜の花に目を止める。油採取のために大切に育てられた、見事な菜の花だった。ひとつ、ふたつ綻んだものもあるが、蕾はまだ固い。

心配そうにこちらを見ている又次に、澪は大きく頷いてみせる。

「それから」

伝右衛門は澪から視線を外し、不自然に肩を解しながら続けた。

「宴の最後に料理番を客に引き合わせるが、その時は、悪いが又次を出しますよ」

「旦那さん、そいつぁあんまりだ」

鋭い声を上げて、又次が楼主に詰め寄る。

「このひとの手柄はこのひとのもんですぜ」

ふぅ、と伝右衛門は苦そうに息を吐いた。

「手柄になるかどうか、蓋《ふた》を開けてみないことには……。それに女が料理番では翁屋の信用にもかかわることだ」

以前、澪が女料理人であることを理由に、料理をさせまいとした楼主なのである。さらに言い募ろうとする又次に、澪は、又次さん、と名を呼んで小さく首を横に振ってみせた。

書き入れ時となるこの時期に、暮れ六つまで客を断る、というのは楼主にとって重い判断に違いない。招かれる客は十名ほどに過ぎないにもかかわらず、そこまで心を砕かねばならない宴席なのだ。澪は伝右衛門の心に添おうと決めた。

菜の花は固い軸や余分な葉を落として、丁寧に水洗い。ほろりとした苦みを残し、えぐみを抜くためにさっと塩茹でして、冷たい水に放つ。色止めが済んだら、澪は菜の花を料理によって幾つかに分け、それぞれに下拵えをする。昆布出汁に塩を加え、そこに浸《つ》けおくものあり。濃いめの吸い地に浸け込むものあり。

「鯛はどうする」

「片身は塩焼き、片身は昆布締めにします」

「鰈は？」

「独活を添えて煮付けます」

わかった、と又次が声を弾ませる。

「鯛の頭と骨は出汁《だし》に使うか？」

「いえ、今日は使いません」

「なら、賄いに回そう。米は洗って、水を切っておくぜ」

ふたりの料理人は息をぴたりと合わせ、下拵《したごしら》えを進めていく。二度寝から目覚めた遊女たちが階段から身を乗り出して、何ごとかとこちらを覗いていた。

楼主の分も合わせて、十一人前。頭数は少ないが、品数を揃えるため仕度に刻がかかる。動きの悪い左の指のために、細工包丁に苦労したが、又次がさり気なく助けてくれた。途中、騒がしさに振り向くと、若衆が四、五人、大ぶりの桜の枝を抱え、階段を上がっていくのが見えた。揺さ振られて枝から離れた桜蕾がそこかしこに落ちる。それを下働きの女が這《は》い蹲《つくば》って掃除した。

全ての準備が整った時には、八つ（午後二時）をとうに過ぎていた。又次が盛り付けのために器を並べる。無我夢中で調理してきた澪の表情が、初めて和《なご》んだ。内、外ともに朱塗りの器。飯椀、汁椀、平椀など全てを朱で統一したものだ。触れれば手に添う心地よさで、上質の塗りとわかる。それらを載せる蝶足《ちょうあし》膳も特別に作らせたものなのだろう、常よりも大きく、その上に朱一色で塗られたものだ。

天満一兆庵がそうであったように、仕上がった料理をお客の食事の進み具合を見ながら一品、一品供するつもりだった。だが、大きな膳を見た時に、多くの品数の料理を一度に目にする喜びと驚きとを思った。膳の上が花盛りになるのも花見の宴ならではだ。

菜の花と白魚の澄まし汁、菜の花飯、菜の花漬け、菜の花の芥子和《からしあ》え。鯛の塩焼きに、昆布締め、独活《うど》と鰈《かれい》の煮つけ。あとの三品には、軽く茹でた菜の花をあしらう。

「皆様がたがお揃いだよ。そろそろ料理を運んでもらおうか」

伝右衛門の内儀が台所を覗いて声をかける。お運びは翁屋の下働きの女たちが受け持つとのこと。

「澪さん、あんたも運んでみちゃどうだい？」

又次は内儀の前で澪に言った。澪が苦労して考え出した献立なのだ、せめてお客たちの反応を間近に見せてやってほしい。そんな又次の思いを察してか知らず、内儀は黙ってそっぽを向いている。それを諾《だく》と解して、澪は前掛けを外すと、最後にひとつ残っていた蝶足膳に手を伸ばした。

蹴上《けあ》げの高い階段を注意深く一段、一段上がる。上がって右手は細かく仕切られた遊女らの部屋か。左側、襖《ふすま》を取り払われた奥に二十畳ほどの広間がある。廊下には、誰の供か、屈強な男がふたり控えていた。

広間の中ほどに桜の太い枝が据《す》えられ、部屋に居ながら花見の風情《ふぜい》が感じられるように工夫されている。桜下、床《とこ》の間《ま》を背にして二人、残る八人が左右に分かれて座り、すでに酒を汲み交わしていた。

ほとんどが四十を過ぎた壮年の男ばかり。身にまとうものもゆったりと仕立てられた無地の黒八丈《くろはちじょう》や丁子《ちょうじ》染めの小袖《こそで》など、翁屋の上客だけあって、裕福な商人然としたものが多い。上座の二人のうち一人は、唯一、三十代と思《おぼ》しき剃髪。もう一人は還暦過ぎの最年輩に見えた。この二人が、今日の招待客の中でも最も重い存在なのだろう。剃髪の方は、先ほど伝右衛門の話していた僧正に違いない。白髪の年寄りは小柄な好々爺《こうこうや》で優しげな笑みを浮かべながら、目は決して笑っていなかった。

酌をする遊女も十人。いずれも揃いの桜色の縮緬《ちりめん》で、紅色の桜花《おうか》が染められている。運ばれてきた膳に目を落とし、上座の年寄りが、ほう、これは趣向だ、と呟いた。

「常の喜の字屋の如く、蛸足《たこあし》膳に大皿の料理かと思えば。銘々の膳とは京坂を思い出させる」

「摂津屋《せっつや》さんは京坂とご縁が深くていらっしゃるから、お懐かしいでしょう」

斜めの席の客人が控え目に声をかける。趣向、趣向、と左右の客たちも頷いた。

堅苦《かたくる》しい挨拶《あいさつ》は抜き、という楼主伝右衛門の言葉通り、それぞれが箸を手に取る。

楼主の前に膳を置き、そのまま下がろうとする澪の袖を、伝右衛門が見えないところでさっと押さえた。その場に居て良し、との合図だと察した澪は、一礼して部屋の隅に控える。

「どの皿にもある、この蕾をつけた青菜は何だね？」

「はて、見覚えのあるような、無いような」

それぞれが器に見入って首を傾げた。伝右衛門は微笑むばかりで、何も言わない。

「どれ、料理は出汁、と言いますからねぇ」

先ほど摂津屋と呼ばれていた年寄りが汁椀を手に取り、朱塗りの蓋を取る。鰹《かつお》と昆布で引いた出汁の香りが、ふわり。次いで微かに、淡い春の匂い。

「白魚と……おや、この黄色い花弁は」

花蕾の中に、黄色く綻んだものがひとつ、ふたつ。じっと眺めていた摂津屋が、小さく、うっと呻《うめ》いた。年寄りの様子を奇妙に思った他の客人たちも一斉に椀に手を伸ばす。中を注視していた男たちの表情が、驚愕《きょうがく》に変わるまでそうかからなかった。

「翁屋、こ、これは油菜ではないのか」

震える声でひとりが問う。楼主はまたゆったりと微笑んで、頷いてみせた。

それぞれが息を呑み、互いに顔を見合わせて再度椀に視線を落とす。椀の鮮やかな朱色に、白魚の白、菜の花の淡い緑と黄。それぞれが互いの色を引き立て合い、心憎いばかりに彩り豊かな一品に仕上がっているのだ。

「畑にあらば小判に換わる油菜の花を……。何という贅沢、何という極み」

摂津屋が感嘆の声を洩らす。それを合図に皆が再び箸を動かし始めた。つる家のお客たち同様、ここでも誰も何も言わない。時折り、感嘆とも溜め息とも取れる声が、洩れ聞こえるばかり。

「酒が足りぬ」

摂津屋の隣席、僧正と思しき男がぼそりと言った。注いでいた銚子《ちょうし》の酒が切れそうなので、遊女が替えを取りに行ったほんの僅かの間だった。一瞬でその場の空気が硬くなる。僧正の機嫌の良し悪《あ》しを皆が気にしていた。

「これは気がつきませんで。祥雲《しょううん》さま、大変失礼をいたしました」

伝右衛門が恐縮し、すぐに手を叩いて、熱くした酒を多めに運ばせた。同じく酒を勧められて、摂津屋は控え目に首を振る。

「酒で腹が膨れてしまうのが勿体《もったい》ないのですよ。この歳まで生きて、そんな風に思ったのは初めてのことだ」

同意したのか、数名がこくこくと頷いた。ゆっくりと刻をかけて、上客の面々はひと皿、ひと皿、料理を味わっている。菜の花飯は、昆布出汁と酒、塩少々で炊き上げた飯に、色止めをし下味を入れた菜の花を加えて蒸らしたもの。頰張ると口中一杯に春の息吹を感じられる逸品だ。これにほろ苦い持ち味の生きた菜の花漬けと、芥子和えが加われば、まさに小判を胃の腑に収めたように満ち足りた思いになる。

「吉原でこのように贅沢な料理に出会えるとは、思いもよりませんでしたよ。いやぁ、実にありがたいことだ」

中のひとりが言って、伝右衛門に軽く頭を下げた。

その時、盃を膳に置く音が響いた。

「今日は花見の宴と聞いて参ったのだ」

医者に化けた、僧正の祥雲だった。

主《ぬし》さま、と何とか宥《なだ》めようとする傍らの遊女を、男は邪険に払った。ほかの客人たちが気付かぬ間に、随分と酒が進んでいる。かなり酔ったのか、青々と見えた頭が朱に染まっていた。

「花見の宴とは即《すなわ》ち、桜花を愛で、酒を汲み交わすものではないのか。これではただの会食ではござらぬか」

男の言葉に、隣席の摂津屋が僅かに眉を曇らせる。内心、厄介な、と思っていることが窺えた。

「祥雲さま」

伝右衛門が蒔絵銚子を手に、男のもとへ膝行《しっこう》する。

「まことに仰《おっしゃ》る通りでございます。翁屋の二階座敷では、仲の町の桜を愛でることは叶いません。ですから今日は、このような趣向にいたしたのでございますよ」

祥雲の盃に酒を満たしながら、伝右衛門は部屋の中ほどに据えられた桜を示した。

だが、祥雲の機嫌は直らない。ふん、かようなもの、と口を歪《ゆが》めて盃を干す。楼主の困惑を見てとって、摂津屋がゆっくりと箸を置いた。

「祥雲さまは随分とご酒《しゅ》がお進みになられたご様子。どうだろうか、翁屋さん。暮れ六つまでには少し早いが、一旦《いったん》、お開きとして、それぞれ馴染みの遊女と次の宴に入る、というのは」

それが良いです、と年若の客が頷く。

「私など馴染みの八千代《やちよ》の顔がちらついて、ちらついて。我慢なりません」

切なげな声に座が和みかけたところで、無粋《ぶすい》なことよ、と祥雲がまた水を差した。

「花魁《おいらん》などは年中眺めることが出来るが、桜はこの一刻だけのもの。それが花魁にも劣る扱いとは。まして桜は、恐れ多くも徳川さまとは深い縁の花であるのにのう」

祥雲は言って、さも不味《まず》そうに盃に口をつける。誰もが興《きょう》を削《そ》がれた顔になり、伝右衛門は、祥雲に対しても、また他の上客に対しても、面目を潰された形になった。

澪はふと、視線を感じて首を捩《ね》じった。廊下を挟んだ向こうの部屋の襖が僅かに開いている。そこから数人の遊女らしき娘たちがこちらの様子を窺っているのが見えた。

「お前さま」

声の主は、広間の入口に先刻より控えていた翁屋の内儀で、澪がついぞ見たことのない、満面の笑みを浮かべている。

「皆様へ、残るひと品をお持ちしてもよろしいでしょうか」

伝右衛門が頷くのを見て、内儀は階下へ軽く身を乗り出して、あれを、と呼びかける。それに応じるように、階段を幾人もの足音が駆け上がった。下働きが運んできたものを遊女らが受け取って、銘々の前へ置く。

杯台《さかずきだい》に青白磁《せいはくじ》の茶碗。その碗を覗き込んで、一同は軽く首を傾げる。萎《しな》びて縮んだ桜色のものが底にひとつ。

ご免なさいまし、と又次が広間へ姿を現した。その手にしたものを見て、澪は、あっと声を洩らしそうになった。錫《すず》のちろりだったのだ。

お湯ではなく、お酒だわ。

打ち合わせと違うことにうろたえて、澪は腰を浮かしそうになる。又次が澪を見て、微かに頷いてみせた。黙って見守っていてくれ、と眼差しが伝えている。

「茶碗に注ぐのに、茶ではなく酒なのか」

「それも目の前でちろりからいきなり、とは何と無粋な」

遊女らが器を熱い酒で満たす間も、客人たちの間から戸惑いの声が洩れる。だが、まず注ぎ手だった遊女がおや、と怪訝そうな顔で客の脇から碗の中をじっと覗いた。釣られて客人たちも手もとのそれに目を向ける。やがて吸い寄せられるように茶碗に見入った。

「翁屋、こ、これは……」

誰しもが、息を呑んだきりになる。

青白磁の茶碗の中で八重桜が一輪、ゆるやかに花弁を広げていく。酒に漂う桜花は何とも儚《はかな》げで、かつ美しい。否、そればかりか、この香りの芳《かぐわ》しさはどうだ。

ああ、と澪は初めて又次の知恵に気付き、舌を巻く。湯ではなく、熱くした酒だからこそ、ここまで桜の花の芳香《ほうこう》を際立《きわだ》たせることが出来るのだろう。

客も遊女たちも茶碗の中の桜花に魅《み》せられて、息を吐くのも忘れている。伝右衛門が、促す眼差しを又次に投げかけた。

「桜の花の塩漬けでございます。桜花そのものは香りが薄いのですが、塩漬けすることで、香りが立つのです」

又次が言い終えるや否や、年若の客人が呻いた。

「桜に梅、桃――中山道《なかせんどう》の宿場で、花を塩漬けした『花漬け』を賞味したことはありますが、いずれも煮え湯で咲かせて楽しむもののはず。よもや酒で、とは」

「お気に召したご様子に、安堵いたしました」

楼主の伝右衛門が胸を撫で下ろしてみせれば、僅かですがお持ち帰りのご用意がございます、と内儀がすかさず言い添える。

客たちは碗の中の桜を慈《いつく》しむように、少しずつ、少しずつ、酒を呑む。摂津屋と呼ばれていた年寄りは酒を干したあとの茶碗を暫《しば》しの間じっと見詰めていたが、それを置くと静かに伝右衛門に向き直った。

「先ほど祥雲さまが仰った通り、花見の宴とは、春の日に命を削るようにして咲く花を慈しみ愛でるもの。油菜の蕾と花とを味わいつくした上に、最後の一献《いっこん》でこの満開の桜。長く生きておりますが、かように心に残る宴は初めてですよ」

ありがたいことでした、と畳に手をついて頭を下げる摂津屋を、祥雲を除くほかの上客らが一斉に見習った。伝右衛門のうろたえまいことか。

「どうか、どうかお顔をお上げくださいませ。さもないと翁屋伝右衛門、どうして良いか、わかりませぬ」

おろおろと伝右衛門、摂津屋に取り縋《すが》った。宴の成功を知り、澪は又次と視線を交わした。互いにやれやれと思った、その時だった。

「気に入らぬ」

祥雲が低く唸《うな》り、手にした茶碗を杯台に打ちつける。薄い茶碗は軽い音を立てて砕けた。

「ぬしはこちらの顔を立てたつもりか、摂津屋。御用商人とはいえ、たかが町人の分際で」

名指しされた摂津屋は、しかし、落ち着き払って隣りの祥雲に視線を向ける。それがますます祥雲の気に障《さわ》ったようだ。

「拙僧《せっそう》が、否、拙者が何も知らぬと思っておるのだな」

祥雲は蝶足膳を押しやって、ゆっくりと立ち上がる。

「吉原から『太夫』の名が消えて久しいが、この翁屋には密《ひそ》かに『あさひ太夫』と呼ばれる花魁が居るそうな。そのあさひ太夫の旦那のひとりが、摂津屋、その方《ほう》とか」

伝右衛門が顔色を変え、澪は腰を浮かせた。他の客らは息を呑んで、摂津屋と祥雲とを交互に見ている。

「拙者がこの宴に出たのは、まさにそのあさひ太夫とやらを見たいが一念」

今すぐに連れて参れ、と怒鳴るのを、伝右衛門は必死で宥める。

「恐れながら祥雲さま、この翁屋にはそのような名前の花魁は居りませぬ。世間が面白がって作りあげた幻の花魁かと」

「この期《ご》に及んでまだそのような偽《いつわ》りを」

祥雲は楼主の頭を足で蹴り上げ、廊下へ出ると大声で吼《ほ》えた。

「あさひ太夫とやら。出て参れ、顔を見せよ」

祥雲に飛びかかろうとした又次を、廊下で控えていた供が二人がかりで羽交《はが》い絞めにする。それにちらりと目をやって、さらに祥雲は叫んだ。

「太夫だ何だと申しても、所詮《しよせん》は遊女。金で売り買いされる道具の分際で、何を気取りおる。顔を見せぬとあらば、この廓ごと、如何《いか》なる手を用いても叩き潰してくれようぞ」

「この下衆《げす》野郎」

羽交い絞めにされながら、又次が叫んだ。

「どこぞのご落胤か何か知らねぇが、里じゃあそんなことはかかわりがねぇ。これ以上好き勝手しやがったら、俺がこの手で殺してやる」

祥雲の憎悪の眼差しが又次を捉《とら》えた。ぎりぎりと眦《まなじり》を吊り上げると、階下へ怒鳴る。

「誰かある、刀を持って参れ」

廓内が騒然となった、その刹那《せつな》。

二階の奥の方から妙に緊迫した足音が重なって聞こえてきた。お堪《こら》えなんし、なりいせん、との抑えた声が響く。何ごとか、と座敷に居た上客たちも廊下へ出た。澪も目立たぬように、そっとあとに続く。

前後左右を新造《しんぞう》らに纏《まと》わりつかれながら、ひとりの遊女が滑るようにこちらへ向かって来る。顔前に大きな金扇、もう片方の手に桜の花枝。扇で隠れているため、表情は窺い知れない。三枚重ねの表掛けは無垢《むく》の白、両端を長く下げた本帯は艶《あで》やかな錦《にしき》鴛鴦《おしどり》。金扇から覗くのは鼈甲《べっこう》の大櫛《くし》に、桜を模《かたど》った珊瑚《さんご》と金細工の花房簪《はなぶさかんざし》だ。その優美で華麗な立ち姿は、見る者を釘づけにせずにはおかない。

扇を持つ、艶《つや》やかで肌理《きめ》細かな白い手。

その手の主の正体を想い、澪は、わなわなと震えだす。

おお、と祥雲は両の腕を広げて待った。

「そなたがあさひ太夫か。どれ、顔を見せよ」

遊女の足が止まる。

皆が固唾を呑んでことの成り行きを見守る中、すっと、祥雲に向けて桜の枝が差し出された。長い枝先に五分咲きの桜花が幾つも。

「咲く花を」

ゆったりと歌うような声。甘やかで、気高く、美しいその声。

——澪ちゃん
ああ、やはり、と澪は両の掌で唇を覆った。

あの八朔《はっさく》の邂逅《かいこう》、耳に残る野江の声に違いなかった。

「咲く花を　散らさじと思ふ　御吉野《みよしの》の」

歌、それも上《かみ》の句のようだった。

祥雲の両の眼がかっと見開かれた。まさか、という表情で金扇を見つめている。たっぷりと上の句の余韻を残して、美しい声の主は続きを詠《よ》んだ。

「心あるべき　春の山風」

どすん、と腰が抜けたように、祥雲はその場に座り込んだ。

一体、何が起こったのか。

事情を摑めず、新造たちもそれに上客たちも固まったままだ。祥雲に最早《もはや》騒ぎ立てる意思がないことを見て取ると、あさひ太夫は踵《きびす》を返した。遊女たちは慌てて、太夫をひとの視線から守るように囲む。そうして一行は瞬《また》く間に奥へと姿を消した。

夢か、現《うつつ》か。

今、手を伸ばせば届きそうなほど傍に居たのは、真実、野江なのだろうか。

ふっと意識が遠のきそうになって、澪は壁に身体を預けた。

祥雲は、廊下に不様《ぶざま》に尻餅《しりもち》をついたまま起き上がることが出来ない。又次を取り押さえていたふたりの供が、慌てて両脇から抱え上げて助け起こした。

摂津屋はそんな祥雲の前に正座をして、両の手をついた。

「祥雲さま。お忘れなさいませ。これ以上、かかわりになられては、色々と差し障りも出て参りましょう」

暗に「あさひ太夫」がただの遊女ではない、と匂わせて、摂津屋は深く頭を下げる。

祥雲は項垂《うなだ》れ、供のものに支えられたまま、階段を下りていった。

「せっかくの宴を、申し訳のないことでした」

座敷に戻ると、摂津屋は、まず詫《わ》びを口にした。

「浮世《うきよ》の義理で祥雲さまのご同行を断りかね……。この通りです」

いやいや、と一同そろって頭《かぶり》を振る。中のひとりが、

「お家騒動を避けるために唐突《とうとつ》に出家させられた、とあらば自棄《やけ》になるのも無理からぬ話。最早、誰も気にしておりません」

と、摂津屋を慰《なぐさ》めた。それよりも、と傍らの男が満足げに顎を撫でる。

「ここに揃う我らは皆、翁屋とは浅からぬ縁。あさひ太夫の名は耳に入ってはいても、詮索《せんさく》は野暮《やぼ》と素知らぬ顔を通していました。だが、よもや今日、この席でこうしたことになろうとは」

いやいや、それよりも、と年若の客が首を捻った。

「咲く花を　散らさじと思ふ御吉野の　心あるべき春の山風——そう巧《うま》い歌とも思えませんが、祥雲さまは何をあれほど驚かれたのか。摂津屋さん、教えて頂けませんか？」

問われても摂津屋は、ただ穏やかに微笑むばかり。それまで黙っていたひとりが、まあ良いではありませんか、と盃を手に取った。

「翁屋に通うようになって久しいが、今日ほど良いものを見せて頂いたことはありません」

確かに、と上客たちが一斉に頷いた。

「何もかもが明々白々となるばかりが能でなし。わからぬまま、素知らぬまま、というのもまた一興でしょう」

新たに運ばせた酒を伝右衛門は客人たちに注いで回る。その盃を持ち上げて、摂津屋が言った。

「あさひ太夫は幻の太夫、全ては桜が見せた夢まぼろし」

一同は頷き合い、一斉に盃を干す。

部屋の隅に控えていた澪は、膝に置いた手に、ただ茫然《ぼうぜん》と目を落とした。

遠い。どうしようもなく、遠い。

手を伸ばせば届くほど傍に居ながら、どうしてこれほどまでに遠いのか。

野江の置かれた立場、その身に起きたことは、決して夢まぼろしなどではないのに、と胸のうちで繰り返しながら、澪は両の手を拳《こぶし》に握った。

陽気な三味《しゃみ》の音《ね》が二階座敷から響いている。暮れ六つを過ぎ、吉原はいよいよ華やぐ刻を迎えた。夜桜見物のざわめきが翁屋の内所にまで届く。

「これがうちからの祝儀」

伝右衛門が、懐紙に包んだものを畳に置く。次いで懐から、もうひと包みを取り出した。

「そしてこれが、摂津屋さんがたからのご祝儀だ。料理番へという名目だが、実際に料理をしたのは又次ではなくお前さんだからね」

上客からの心付けの方が倍近い嵩《かさ》があった。嵩高の方を、澪はそのまま、そっと伝右衛門へ押し返す。

「これは又次さんへお渡しくださいませ」

「相変わらず頑《かたく》なことだ」

楼主は苦く笑いながら、その塊を再度、懐へ終《しま》い込んだ。

「しかしまあ、うちからの祝儀を断らないのは何よりだ。中を確かめなさい」

言われて澪は、おずおずと手に取って懐紙を開いた。小判が五枚。すっと背筋が冷える。

「どうした、不服かね」

「多過ぎます」

震える声で応えて、澪は懐紙の中を示した。

「宴のお料理を作っただけなのに、こんなに受け取れる道理がありません」

「何だって」

伝右衛門は一瞬ぽかんとし、それから腹を抱えて笑いだした。澪は何故そこまで笑われるかがわからず、両の眉を下げて、楼主の笑いが収まるのを待った。だが伝右衛門は、禿頭《とくとう》を真っ赤に染めて笑い続けている。

「欲がないのは知ってはいたが、いやはや」

目尻に涙を滲ませながら、まだ笑いは止まらない。

「よほど暮らし向きには困っていないとみえる。金はほしくはないのか」

「ほしいです」

むしろ、喉《のど》から手が出るほどほしい。打てば響くような澪の答えに、伝右衛門はぴたりと笑いを止めた。

「安心した。欲のない輩《やから》ほど扱いにくいものはないからな。まあ良いから、それは取っておきなさい」

お前さんの料理にはそれだけの値打ちがあった、と伝右衛門は結んで、手もとの茶を啜った。会話が途絶え、それを機に暇乞《いとまご》いを、と澪が立ち上がりかけた時。

「喜の字屋の仕出しの相場を教えてやろう。台の料理ひとつが金一分《いちぶ》だ」

「金一分？」

驚きのあまり、澪は足がもつれて畳に手をついた。台の上にどれほどの料理が載るか知らないが、台ひとつの価《あたい》が、つる家の料理のおよそ五十人前である。幾らなんでも法外な値段だった。澪の驚きように、伝右衛門が薄く笑う。

「一日に小判千両が落ちる遊里、それがこの吉原だ。お前さんに人並みに欲があるとわかったから言うが、この吉原で料理屋をやる気はないか。及ばずながらこの翁屋伝右衛門が尽力しますよ」

澪は畳に手をついたまま、驚きのあまり口を利けない。伝右衛門は計算高い目をして、さらに続ける。

「時に遊女の揚げ代よりも台の料理の方が高い、という廓の不思議。お前さんほどの腕があれば、年に八百、否、千両稼ぐことも夢ではあるまい。遣《や》り方次第ではもっと稼げるかも知れぬ」

——これはあんたのためでもあるし……あさひ太夫のためでもあるんだ

伝右衛門の頼みごとを受けろ、と言った時の又次の言葉を、澪は思い返していた。吉原で料理屋をすれば、少なくとも野江の近くに居ることができる。そして、仮に伝右衛門の言う通りなら……。心はぐらぐらと揺れて、治まらない。澪は判断がつかず、その場で頭を抱え込んだ。

「まあ、ゆっくりと考えることだ」

又次、と伝右衛門は料理番の名を呼んで、澪を送るよう命じた。

「荷物は明朝、お前が届けてやんな」

楼主の命《めい》に頷いてみせると、大丈夫か、と又次は澪の腕を持って立たせた。

翁屋を出ると、外はすっかり夜の帳《とばり》に包まれていた。華やいだ清掻《すががき》の鳴り響く中、澪は又次に守られるように、夜桜見物の客の間を縫って大門を目指す。又次も澪も口をきかなかった。

障子越しに差し伸べられた野江の白い腕を見たのが昨春。夏に玉響《たまゆら》の再会を果たし、そして今日……。この一年が走馬灯《そうまとう》のように澪の頭を過《よぎ》る。

友をこの場から取り戻したい、と心から願う。清右衛門の示した道筋の遠さ、厳しさに戦《おのの》きつつも、料理に身を尽くすことで道は拓《ひら》ける、と信じた。そのくせ、伝右衛門によっていとも鮮やかにその手立てが示された途端、頭の中が真っ白になってしまったのだ。

「楼主から出た話だが」

大門が見えてきたところで、又次がぼそりと言った。

「悪い話じゃねぇと思う。ひとつ、考えちゃあもらえめぇか。あんたが近くに居てくれたら、太夫もどれほど心丈夫か」

今ここで首を縦に振れば、どれほど又次を安堵させることが出来るだろう。そう思いながらも、澪は項垂《うなだ》れるばかりだ。あっさりと道が拓かれていく予感に、逆に怖気《おじけ》づいてしまったのか。自身のことなのに、心が読めなかった。

又次さん、ごめんなさい、と澪は小さな声で応える。

「今すぐには決められないわ」

短い沈黙のあと、又次は、そりゃあそうだな、と頷いた。

「澪さんには、ご寮さんも居る。つる家のことだってあるしな」

そのあとはふたりとも押し黙ったまま、大門を出た。せめて三ノ輪まで送っていく、というのを断って、澪は大門前で又次と別れた。重い足取りで衣紋坂をのぼっている時に、

「澪さん」

と、声がかかった。顔を上げると、源斉がにこやかに立っていた。

「源斉先生。どうなさったんですか」

「この近くまで往診に来ていたのです。確か、翁屋の花見の宴が今日だったのを思い出して」

ふっと言葉を切って、源斉は提灯を持ち上げると、澪の顔を覗き込む。

「何かあったのですか」

宴の料理で失敗した、と思ったらしい様子に、澪は慌てて首を横に振った。

西寄りの空に、傾けた盃の形の月が浮かぶ。月下、日本堤を吉原目指して、提灯の

列が途切れることなく続いている。夜桜見物に出かける群れと逆行するように、源斉と澪は三ノ輪を目指した。色々と思い惑い、口の重い澪に、源斉はしかし自らは無理に問いかけることをしない。三ノ輪が近付いて人通りが絶えた頃、澪はぽつりぽつりと話した。

「あさひ太夫は幻の太夫、全ては桜が見せた夢まぼろし、か」

話を聞き終えた源斉は、感心したようにほっと息を吐いた。

「さすが翁屋さんは、本当の意味で粋《いき》な上客に恵まれておいでですね。良い話だ」

良い話、と澪は繰り返して、眉を下げる。

「一体何が起こったのか、私には、まるでわからないんです」

あれほど傲慢《ごうまん》で鼻持ちならなかった僧正が、何故、いきなり腑抜けになってしまったのか。野江の詠んだ歌に、どんな意味があるのか。

何より、姿を現したのは、確かに野江だったのだろうか、今はそれさえ朧《おぼろ》に感じられる。澪は知らず知らず、懐の上に手を置いていた。生地越しに片貝のこつんとした感触が掌を押してくる。片貝を澪に託した野江の手の温《ぬく》もりが蘇り、澪を安堵させた。

源斉は、足を止めて澪を振り返った。

「咲く花を　散らさじと思ふ御吉野の　心あるべき春の山風──あさひ太夫が詠んだ

この歌は、『文禄三年吉野山御會御歌』に記された、家康公のものです」

「家康公の？」

ええ、と源斉は頷いてみせる。

来月には東照宮二百回神忌——家康公の逝去《せいきょ》から二百年の節目を迎えることもあり、源斉自身、たまたまその写本を目にする機会があったのだ、という。

「『太閤記』に引用されている御歌と少し違っていたので、よく覚えているのです。これは推測ですが、公方さまに近いお血筋でそうした事情なら、徳川家の礎《いしずえ》を築いた家康公への追慕の念も人並みではないでしょう。その御歌を、よもや吉原廓で耳にすることになるとは思いもよらぬこと」

ましてや、世に広く知られた歌ではない。ひとりの遊女が格調高く詠《うた》い上げたとしたら、その驚きは如何《いか》ばかりか。

「見目《みめ》形の美しさはもとより、教養の高さ、機転、そして度胸。どれひとつ欠けることのない、まさに太夫と呼ぶのが相応《ふさわ》しい。澪さんの幼馴染みの野江さんは、ただ運命に翻弄《ほんろう》されるだけではない、自ら運命を切り拓いていく強さをお持ちです」

最後の台詞《せりふ》に、澪の気持ちを僅かなりとも和らげようとする源斉の優しさが滲む。

振り向けば、眼下に暗く広がる田、また、田。満々と水を湛《たた》える姿に変わるのは、まだ少し先か、今はただ、淡い月の光を飲み込んで黒々と横たわるのみ。その彼方、こんもりと盛り上がって映るのが遊里だ。夜桜見物のために惜しげもなく点された灯で、夜の闇に仄《ほの》かに浮かんで見える。

夢まぼろしなどではない、今も野江は、あそこに居るのだ。懐の片貝が、半身を求めて切なく泣いている。

取り戻したい、何としても。

くっきりとした輪郭を持ち、暖かい血潮の流れる野江を取り戻したい。たとえそれが、どれほど困難な道のりであろうとも。

澪は唇を引き結ぶと、源斉の後ろを歩き始めた。

「じきに三ノ輪ですよ」

源斉の提灯が、土手の向こうを示す。その先に何かが見えた気がして、澪は瞳を凝《こ》らした。月光を微かに跳ね返す甍《いらか》の波は山門らしく、寺と知れた。

「浄閑寺《じょうかんじ》……」

澪は小さく呟いた。そこは吉原で亡くなった遊女が、人知れず担《かつ》ぎ込まれる投げ込み寺、と聞いていた。

日本堤の土手下から、川風が思いがけない冷たさで吹き上げている。覗き込むのだが、微かな水音ばかりで山谷川《さんや》の姿は闇の中。川は日本堤に沿ってそのまま東へと流れているはずだった。だとすれば吉原廓を出された遊女の骸《むくろ》はこの川を遡《さかのぼ》って投げ込み寺へ運ばれるのではないのか。それに気付いて、澪の胸に表現しがたい哀しみが溢れだす。

「あ」

何処に潜んで咲いているのか、桜の花弁が澪のもとにはらはらと落ちてきた。見上げれば、無数の花弁が風に舞っている。

「一体どこから……。桜の姿はないのに」

源斉は提灯を巡らすも、桜木を見つけることは出来ない。土手の下を覗き込んで、ああ、あの辺りに咲いているのかもしれない、と独りごとのように呟いた。

「川からの風が運んでくるのでしょう」

月明かりのもと、空から静かに桜が舞い落ちる。澪は花弁が地面に落ちる前に受け止めようと、両の掌を天に向けて懸命に差し伸べた。

小夜《さよ》しぐれ——寿《ことほ》ぎ膳

「やっぱり似てるよなぁ、そっくりだぜ」

「ほんとに、そっくりですよねえ」

つる家《や》一階の入れ込み座敷から、種市《たねいち》とおりょうの声が響いて、澪《みお》は蕗《ふき》を洗う手を止めた。耳を欹《そばだ》てると、ふきの小さな笑い声も確かに聞こえる。

「そう言われたら、よう似てますなあ」

芳《よし》の声が届いた時点で、澪は好奇心を抑えきれず、前掛けで手を拭《ぬぐ》いながら調理場を出た。

「一体、何が何に似てるんですか？」

澪の声に、飾り棚の前に集まっていたつる家の面々が揃《そろ》って振り向いた。

「おう、お澪坊」

まあ見てくんな、と種市が飾り棚を示す。花器に一輪、淡い紅色の牡丹《ぼたん》が生けられていた。表を行く花売りから買い求めたものだろう。

まぁ、綺麗《きれい》だわ、とうっとりする澪に、おりょうが、

「澪ちゃん、これ、誰かに似てると思わないかい？」

と、笑いながら尋ねる。誰かに？　と問い返しながらも、澪は花に見入った。重そうな花冠《かかん》をつぶさに見れば、花弁の一枚、一枚、薄紅から退紅《たいこう》へと色に強弱があり、着物の曙染《あけぼのぞ》めを思わせる。気高くて華やかで……と感想を胸の中で連《つら》ねて、ああ、と両の手をぱんと叩《たた》いた。

「美緒《みお》さん。美緒さんだわ」

わっ、と歓声が上がる。

「やっぱりお澪坊もそう思うだろ？　鼻っ柱の強《つえ》ぇ伊勢屋《いせや》の弁天様にそっくりさね」

種市が花冠をちょいと手でつついてみせる。牡丹は微《かす》かに揺れて、しかし何でもないように花器の中で澄ましている。

「最初は感じの悪い我儘《わがまま》娘だと思ってたのに、今じゃあ何だか、可愛《かわい》く見えて仕方ないんだよ。ことに源斉《げんさい》先生が絡んでくると、何ともいじらしくてねぇ」

おりょうが独りごとのように洩《も》らすと、種市も大きく頷《うなず》いた。

「源斉先生と弁天様なら似合いの夫婦だぜ。先生も四の五の言ってねぇで、さっさと嫁にしちまえば良いのによぅ」

本当に、と澪もこっくりと首を縦に振る。澪自身の恋は叶《かな》うことはないのだ、せめて同じ名を持つ娘の恋の成就《じょうじゅ》を心から願う。

「見てみたいもんだねえ、美緒さんの花嫁姿」

さぞかし綺麗だろうねぇ、とおりょうが夢見心地《ゆめみごこち》で言った。


一夜干しの鯵《あじ》は軽く焙《あぶ》り、蕗の青煮を添えて。出回り始めた柔らかな筍《たけのこ》は、若布《わかめ》と合わせて若竹汁に。仕上げに木の芽を掌《てのひら》でぱんと叩いて吸い口にした。この日、つる家の暖簾《のれん》を潜《くぐ》ったお客たちは、料理人が心を込めた料理の数々を前に軽く目を見張る。

「おっ、筍だ。今年に入って初だな」

「つい先《せん》まで、白魚《しらうお》だ芹《せり》だと言ってたのによう、あと四日で弥生《やよい》も終《しま》いなんだなぁ」

お客の声が耳に入ったらしく、膳を下げてきたおりょうが、汚れた器を流しに移すと、ひぃふぅみぃ、と指を折りだした。

「今月は小《しょう》の月だから、確かにあと四日で終わっちまうんだねぇ」

ついこの間、年が明けたばっかりだと思ってたんだがねぇ、と、おりょうはひとつ溜《た》め息《いき》をつく。

「あたしゃ春が一番好きなのに、今年はお花見も何もしないまま、じきに夏になっちまう」

「まったくだ」

注文を通しにきた種市が、割り込んだ。

「今年は翁屋《おきなや》の件があって、こっちの花見どころじゃなかったからなあ。まあ、折りを見て息抜き出来ることを考えてみるぜ」

「旦那《だんな》さん、あたしゃそんなつもりで言ったんじゃ……」

うろたえるおりょうに、種市は、良いから良いから、と鷹揚《おうよう》に笑う。

「遊ぶことなら俺の方が、おりょうさんより遥《はる》かに楽しみにしてんだぜ」

まあ、ちょいと考えさせてくんな、と店主は上機嫌で言った。


蕗の青煮を口に入れた途端、坂村堂《さかむらどう》の丸い目が、きゅーっと細くなる。うん、うん、と泥鰌《どじょう》に似た髭《ひげ》を震わせながら、澪に頷いてみせた。

「この店の青煮を食べると、ほかで同じものを食べる気になりませんよ」

箸《はし》に挟んだ蕗を目の高さに持ち上げて、本当に綺麗な色です、と感嘆の声を洩らす。

途端、ふん、と清右衛門《せいえもん》が大きく鼻を鳴らした。

「それは相模屋《さがみや》の白味醂《しろみりん》とかいうもののなせる業《わざ》。この店の手柄《てがら》でも何でもないわい」

まあ、と澪は驚いて偏屈の戯作者《げさく》を見る。

「清右衛門先生も、相模屋さんの白味醂をご存じなんですか」

「当たり前だ、この馬鹿者。江戸で今、どれほど評判になっているか知らんのか」

清右衛門はそう怒鳴ると、空《から》になった器をぬっと澪の目の前に差し出した。

青煮のお代わりを用意しながら、留吉《とめきち》さんの白味醂がそんなに、と澪はしみじみと嬉《うれ》しくなる。こうした形で努力が報《むく》われて、本当に良かった。

食事を終えたふたりを表まで送る。そう言えば、と清右衛門が思い出したように澪を振り返った。

「伊勢屋の馬鹿娘を、この頃、見かけんな」

天敵のように嫌っている美緒のことを、清右衛門の方から話題にするのは珍しい。

意外に思いながらも、澪は、

「お元気ですよ。店の方にはお見えになりませんが、先月、伊勢屋さんに伺《うかが》った時にお目にかかりましたもの」

と、応《こた》えた。

「珍しいですね、清右衛門先生が伊勢屋のお嬢さまのことを気にされるとは」

首を傾《かし》げた坂村堂だが、すこしばかり考え込んで、はたと手を打った。

「ああ、飾り棚にあったあの牡丹の花ですね。あれを御覧になって、美緒さんを連想なさったのでしょう」

ふん、とひと際《きわ》大きく鼻を鳴らすと、戯作者は吐き捨てる。

「牡丹ほど恥知らずな花はない。これ見よがしで、かつ、ふてぶてしい。愛《め》でられて当然、という姿が既《すで》に鼻持ちならん。あの馬鹿娘にそっくりだ」

見送りに出たつる家の面々が揃って呆気《あっけ》に取られた。呆《あき》れる皆を捨て置いて、ひとりですたすたと歩き始めた清右衛門である。

その後ろ姿を見て、坂村堂がつくづくと呟《つぶや》いた。

「華麗で豪奢《ごうしゃ》な牡丹の花も、味噌《みそ》糞《くそ》ですねぇ」

「清右衛門先生ならではの感想だすなあ」

妙に感心した口調の芳に、その場に居合わせた全員が、確かに、と頷くのだった。

卯月《うづき》に入り、着物の綿が抜かれて袷《あわせ》となり、足もとから足袋《たび》が消えた。季節が春から夏へと大きく移ろう、まさにそんな日に事件は起きた。

「よしよし」

つる家の調理場で、澪は火から外《はず》しておいた大鍋の様子を見て頷いた。中身は糠《ぬか》と鷹《たか》の爪《つめ》で下茹《したゆ》でしておいた皮付き筍だ。

このままゆっくりと冷まして下拵《したごしら》えが済んだら、筍ご飯にしようか、それとも蕗《ふき》と炊き合わせにしようかしら。わくわくと思案をしていた時、勝手口からばたばたと駆け込んでくる者があった。

新緑を思わせる萌黄色《もえぎ》の振袖《ふりそで》がまず目に飛び込む。片袖で顔を覆《おお》っているため、誰だかはっきりとはわからない。澪は鍋蓋《なべふた》を手にしたまま、両の瞳《ひとみ》を大きく見開いた。

「美緒さん？」

澪の声に、娘は袖を外して、くしゃくしゃになった顔を上げた。澪さん、と掠《かす》れる声で呼んで、そのまま澪の胸になだれ込む。そして、わあわあと幼い子供のように声を上げて泣きだした。

「なな何だ」

娘の泣き声に驚いたのだろう、種市が転がるように調理場へ現れた。

「伊勢屋の弁天様じゃねぇか、一体どうしたんだよぅ」

胆《きも》を潰《つぶ》した店主に脇からそう問われても、美緒はわあわあと泣くばかり。美しい顔が涙と鼻水でぐしゃぐしゃになっていたが、それに気を取られる余裕もないらしい。

澪はどうして良いかわからず、途方に暮れる一方だ。

「朝っぱらから随分と賑《にぎ》やかなこと。何処《どこ》の子が泣いてるんだろうねぇ」

「ほんに大きい泣き声だすなあ」

おりょうと芳とが、そんな会話を交わしながら勝手口に現れた。いきなり、澪に抱きついて大声で泣いている娘が目に入って、棒立ちになる。澪は両の眉《まゆ》を下げるだけ下げて、助けを求めるように芳を見た。

「澪、とりあえず鍋蓋は放しなはれ」

言われて鍋蓋を芳に託すと、澪は自由になった腕を美緒の背中へ回した。そして小さな子供をあやすようにとんとん、と軽く叩き続ける。妙齢の娘がこれほどまでに大泣きしているのだ、その事情を聞いてあげねば、とは思うものの、自身は下拵えの途中なのだ。まだ出汁《だし》も引いていない、と澪は焦《あせ》りながら、けれど美緒を突き放すことも出来ない。泣き止《や》みそうにない娘を見かねて、芳がその両肩に手を置いて料理人から引き離した。

美緒さん、と幾分強い口調で名を呼んで、芳は娘の顔を覗《のぞ》き込む。

「ここは料理屋の調理場で、澪はこれからお客さんに出すための料理を拵えなあかん身ぃだす。ひとの生き死ににかかわることなら、今、言いなはれ」

そうでないなら昼餉時《ひるげどき》を回って手が空《あ》くまで待ちなはれ、と芳に言われて、美緒は驚いて泣き止んだ。そんな風に厳しく諭《さと》されたことがなかったのだろう、どうして、どうして、と小さく抗議しながら洟《はな》を啜《すす》っている。

「旦那さん、内所《ないしょ》で休ませてあげても良いですかねぇ」

見かねたおりょうが種市から許しをもらい、美緒を内所へ引っ張っていった。

澪は、ほっと大きく息を吐く。

「ご寮《りょん》さん、ありがとうございました」

助かりました、と頭を下げる娘に、芳は僅《わず》かに眉根を寄せる。

「しっかりしなはれ。調理場は、料理人にとってのお城だすで。お前《ま》はんが自分で守らいでどないするんだす」

芳の言う通りだった。美緒の甘えをつい受け入れて、けじめを付けそびれたことを恥ずかしく思う。相《あい》済みませんでした、と澪は芳に頭を下げた。

「さて、と。それぞれ店開けの仕度《したく》にかかるとしようか」

重くなった空気を払拭《ふっしょく》するように、種市は元気に声を出し、奉公人たちも、はい、と応えた。美緒の様子を気にしながらも、心を合わせて開店準備を整えて、無事に遅れることなく暖簾を出すことが出来た。

「おいでなさいませ」

ふきの明るい声がお客を迎える。美緒が引きこもった内所の襖《ふすま》は一度も開かれないまま、ゆっくりと刻《とき》が過ぎていく。

「筍ご飯というのは、どうしてまた、こうも美味《おい》しいのでしょうか」

昼餉時を過ぎ、ほかにお客の居ない入れ込み座敷に、坂村堂の満足そうな声が響いている。珍しく今日はひとりのようだ。間仕切り越しに座敷を覗いて、澪は前掛けを外した。

「おりょうさん、あとをお願い出来ますか」

「ああ、良いよ。暫《しばら》くお客も来ないだろうし、様子を見てやっとくれ」

汚れた器を洗いながら、おりょうが心配そうに内所の方を見た。

「あれからもずっと泣いてるみたいなのさ。あとで旦那さんに断って、お握りでも作って運ぶから」

済みません、と詫《わ》びて、澪は内所へ向かう。入りますよ、と声をかけて襖を開けると、畳に突っ伏していた美緒が顔を上げた。

「美緒さん、待たせてごめんなさい」

友の傍《そば》に両膝《ひざ》をつくと、優しく呼びかける。

「何があったか、私で良ければ聞かせて」

「父が……父が……」

美緒は両の手を伸ばすと、澪の腕を摑《つか》んだ。

「私に源斉先生のことは諦《あきら》めろ、って。諦めて、婿《むこ》を取れ、って」

「ええっ？」

あまりのことに言葉が出ない。

伊勢屋久兵衛《きゅうべえ》といえば、自《みず》ら親馬鹿と言いながらも娘の恋の成就に腐心《ふしん》して、いつぞやは美緒の大奥奉公まで考えた人物なのだ。それが掌を返したように別の縁談を勧《すす》めるとは信じ難《がた》い。呆然《ぼうぜん》としている澪の膝に縋《すが》って、美緒は声を絞る。

「父が決めた相手は、中番頭の爽助《そうすけ》なの。信じられる？　爽助と夫婦になれ、と言うのよ」

爽助さん、と口の中で繰り返して、澪はあっと声を洩らした。源斉が倒れて伊勢屋へ運ばれ、そこで静養することになった際に、看病を引き受けていた男だ。源斉とはまるで逆の風貌《ふうぼう》、おまけに美緒より一回りは年上に見えた。

慰《なぐさ》める言葉も見つからず、澪は両の眉を下げるばかり。

「お願いよ、澪さん、私をここに置いて。もう伊勢屋へは帰りたくないの」

美緒は澪の膝に突っ伏して、啜り泣いた。

置いて、と言われても、自身はつる家の奉公人に過ぎないのだ。どうして良いかわからず、澪はおろおろとうろたえる。

「お澪坊、坂村堂さんが呼んで」

言いながら、種市が襖を開けた。そこに泣き伏す娘と、眉を下げるだけ下げた料理人の姿を見て、おたおたと座り込む。

「弁天様がそう何時《いつ》までも泣いてちゃあ、こっちまで困っちまうよぅ。一体、何があったんだ、俺にも話してみちゃくれまいか」

種市に水を向けられるも、美緒は頭《かぶり》を振って澪の膝に顔を埋《うず》めている。澪は、私からお話しして良いですか、と美緒に尋ねた上で、実は、と店主にあらましを語った。

「……そうかい、そんなことが」

聞き終えた種市は、難しい顔で腕を組む。

「伊勢屋の旦那も、何だって今になって気を変えちまったのか。大奥奉公を叶えるために、お澪坊に包丁使いを教えてやってくれ、と頼みに来たこともあったのに」

可哀想《かわいそう》に、と種市は言って、まだ泣きじゃくり続ける娘をじっと見守った。やがて、よし、わかった、と腕組みを解《と》いて、手を両膝にぽんと置く。

「そういうことなら、俺もひと肌脱ごう。伊勢屋の弁天様を、このつる家に匿《かくま》おうじゃねぇか」

店主の言葉に、娘ふたりは驚き、顔と顔を見合わせた。

「本当に？」

「良いんですか、旦那さん」

ふたりして半信半疑に問うた、その時。

「ちょっとお邪魔させて頂きますよ」

開け放たれたままの襖の向こうから、坂村堂がひょいと顔を出した。そのまま土間から内所に上がると、種市と娘たちの間に座る。

「申し訳ないのですが、お話は勝手に聞かせて頂きました」

料理人を呼びに行った店主の戻りが遅いので、どうしたのかと様子を見にきて、結果、立ち聞きすることになってしまった。版元《はんもと》はまずそれを詫びてから、種市の方へ向き直る。

「伊勢屋のお嬢さまをつる家さんで預かる、というのは得策とは思えません。この店の何処《どこ》に、美緒さんの寝起きする場所があるというのでしょう？」

そう切り出されて、店主は、ううむ、と唸《うな》る。伊勢屋ほどの大店《おおだな》の跡取り娘が心地よく過ごせる部屋など、つる家の中にはない。

「私なら何処だって良いわ。布団部屋だろうと調理場だろうと、何処だって平気よ」

美緒は坂村堂に食ってかかる。

「家に戻れば、婿を取らされてしまうのよ。そんなこと絶対に嫌《いや》」

「ならば、余計にここに居るべきではありませんよ」

坂村堂は身体《からだ》ごと美緒に向き直った。

「私が父親なら、まずは娘の身の安全を考えます。つる家さんは料理屋としてはとても良い店ですよ。けれど、年寄りと女子供のほかは、腕《うで》っ節《ぷし》の強い、いざとなれば用心棒になる男は居ない」

伊勢屋久兵衛の娘と知れたら、よからぬことを企《くわだ》てる輩《やから》も居るだろう。自分なら引き摺《ず》ってでも家へ連れ帰りますよ、と言って版元は泥鰌髭を撫《な》でる。

坂村堂の旦那、と種市は恨めし気に版元を睨《にら》んだ。

「年寄りと女子供で悪ぅござんしたね。だったら一体どうしろってんですか」

「お気を悪くなさらないでくださいまし。単刀直入に申します。美緒さん、少し落ち着かれるまで、神田永富町の坂村堂にいらっしゃいませんか？」

版元にそう切り出されて、美緒は泣き腫《は》らした目を見張る。ああ、なるほど、と種市はぱんと片膝を叩いた。

「神田永富町なら伊勢屋さんともそう離れていない。確かに、そいつぁ良いかも知れねぇや」

ええ、と坂村堂は大きく頷いた。

「うちには美緒さんより五つほど下の娘もおりますし、多少は気も紛れるでしょう」

それにしても、と首を傾げる坂村堂である。

「伊勢屋さんは、美緒さんと源斉先生との縁組にあれほど熱心でいらしたのに、何故《なぜ》、急にそんなことに……。満更《まんざら》かかわりがないわけでなし、私から一度お話ししてみましょう」

「ありがてぇ、坂村堂さん、この通りだ。よろしくお願いします」

種市は言って、畳に両の手をついた。澪も同様に深々と頭を下げる。こうして坂村堂は美緒を伴《ともな》って永富町の店へ帰っていった。

元飯田町《もといいだまち》は、四方を広大な武家地に囲まれながら、庶民の慎ましやかな住まいが肩を寄せあう町人地であった。東側に飯田川が流れ、この川を目指すように、三つの坂が平行に走っている。坂の名は、江戸城に近い方から、九段坂、中坂、もちの木坂、という。同じひとつの町を形づくる坂でありながら、それぞれに趣《おもむき》のある景観を誇る。

幅広の九段坂は、名前の通りの段々坂。その形状から駕籠《かご》や荷車の往来は少なく、徒歩で行くものが多い。つる家はこの坂下に面して建っていた。もちの木坂は幅が狭く、急勾配《こうばい》の上に武家屋敷と密に接しているため、人通りは少なかった。逆に最も賑わっているのが中坂で、勾配の緩《ゆる》やかなゆったりした坂の両側には、様々な商家が建ち並ぶ。つる家の常客、戯作者清右衛門の自宅も、この中坂にあった。

味醂を買い足しに中坂の酒屋を訪《おとず》れた帰り、そう言えば清右衛門先生の家はこの辺《あた》りだったわ、と思いながら坂を下っていた澪は、川べりに佇《たたず》む坂村堂の姿を見つけた。

「坂村堂さん」

畳んだ風呂敷を手に、沈んだ面《おも》持ちで佇んでいた坂村堂は、その声に顔を上げた。

「ああ、澪さんでしたか」

聞けば、寝食を忘れて戯作を執筆中の清右衛門に差し入れを届けにいった、とのこと。昨日からの美緒の様子を尋ねようと澪が口を開く前に、坂村堂は川沿いを歩き始めた。その足がつる家に向かっているのを知り、澪は急いであとに従う。

「実は昨日、あれからすぐに美緒さんの件で久兵衛さまにお目にかかったのです」

続きを促《うなが》す眼差《まなざ》しを送る娘に、坂村堂は、小さく吐息をついてみせた。

「爽助という中番頭を婿養子に迎えて、伊勢屋を継がせるおつもりだそうです。源斉先生とはそもそも身分違いですから、可愛いひとり娘に余計な苦労をさせたくない親心、と言われてしまえば、その通りなのですが」

身分違いは最初からわかっていたはず。なのに何故、今頃になって……。澪のそんな疑問を感じ取ったのだろう、どうもすっきりしません、と坂村堂は首を振った。

時分時《じぶんどき》を過ぎ、お客の姿の途絶えた入れ込み座敷。坂村堂から話を聞き終えた種市は、ふう、と重い息を吐いた。

「何でそんなことになっちまったのか……。いじらしいだけに可哀想でならねぇや」

「美緒さんも、もう十九ですからねぇ。幾ら何でも、もうそろそろ決めないと、とそんな風に伊勢屋さんは思われたのかも知れません」

種市の後ろに控《ひか》えていた澪は、自身が今年で二十一になったことを思い、両の眉を下げる。ちょっと、と座敷の隅《すみ》で話を聞いていたおりょうが、思い余ったように立ち上がった。

「もう十九だから何だってんです。あたしなんて、うちのひとと一緒になったのは二十五の時ですよ」

畳を踏み鳴らして店主と版元の傍へ行くと、憤懣《ふんまん》やるかたない、という表情でどす

ん と座った。

「坂村堂さん、旦那さん、どうにかしてあげてくださいよ」

おりょうの剣幕に、種市は首を縮めながら、

「俺だってどうにかしてやりてぇが、これぱっかりは無理さね」

と、応えた。そんな酷いこと、とおりょうの怒りはなかなか鎮まらない。

「伊勢屋さんがどれほど大店でも、あたしらと同じ町人じゃありませんか。お武家さまとは違うんだ、もう少し美緒さん本人の気持ちを重く考えてあげても、罰《ばち》は当たらないはずさ」

まあまあ、落ち着いて、と坂村堂はおりょうを宥《なだ》めにかかった。

「確かに伊勢屋さんにしても、嫌がるものを首に縄を付けて、とまでは思っておられないはずです。美緒さんは暫くうちで預からせて頂くことになっていますので、様子を見ませんか?」

これからは昼餉を食べに美緒さんをここへお連れしますから、と版元は結んだ。

漆黒《しっこく》の空に弓張《ゆみは》り月が輝いている。その月影が川面《かわも》に切れ切れに映るさまは、丁度水晶玉を散らせたようだ。つる家からの帰り道、昌平橋を渡る芳と澪は、その光景に

どちらからともなく足を止めた。

「こうして橋の上で立ち止まったかて、もう寒うない。ええ季節になったもんやなあ」

芳がしみじみと言う。ええ、と澪も頷いた。

日々、色々なことが起こり、無我夢中で生きているのだけれど、そうしたひとの営《いとな》みとは別に季節は穏《おだ》やかに、しかし確実に廻《めぐ》っている。

夜空に桜の花弁が舞うのを見たのは、吉原からの帰り道だった。澪は切ないような眼差しを天に向ける。

「この間の、『三方よしの日』の帰り道のことやけど」

芳は、ふっと思い出したように澪を見た。

「又次《またじ》さん、あんたに何ぞ言おうとしてたんやないのか。私が傍に居《お》ったから切り出せなかったんやないか、と」

そうでしょうか、と澪は視線を逸《そ》らしたまま、静かに応える。

「話なら調理場で、手の空いた時にしてますから……」

翁屋伝右衛門《でんえもん》から持ち掛けられた例の話――吉原で料理屋をしないか、というあの返事を保留したままひと月近くが過ぎてしまった。又次にしてみれば、つる家で出来る話でもなし、帰り道に色々と考えを聞き出そうと思ったのだろう。だが、澪の態度から、芳に伏せていることを感じ取ったのに違いなかった。

つる家の五十食分が、吉原では台の料理たったひとつ分。怖《おそ》ろしい売り上げになることは想像に難《かた》くはない。算盤《そろばん》を置けば、野江《のえ》の身請《みう》けもあながち不可能ではないのだ。料理屋の名前を「天満一兆庵《てんまいっちょうあん》」とさせてもらえれば、嘉兵衛《かへえ》の願いを叶えることにもなる。だが、それで本当に良いのか。

伝右衛門の懐《ふところ》をあてにすることに、そもそも躊躇《ためら》いがある。吉原、という佐兵衛《さへえ》失踪《しっそう》の原因を作った地で、特異なお客相手に商《あきな》いをすることにも、心は戦《おのの》く。それに何より、つる家はどうなるのだろう。

道は大きくふたつに分かれ、どちらを選ぶことも容易には出来なかった。

「もしかしたら、又次さんはあさひ太夫《だゆう》の……野江ちゃんの様子を私に教えてくれようとしていたのかも知れません」

さり気なく言葉を補《おぎな》って、澪は芳に視線を戻す。芳は暫くじっと見返していたが、ほうか、とだけ呟くと、澪を促して橋を渡りだした。

「聞いたかい、澪ちゃん」

　翌朝、澪が水汲《みずく》みのために部屋を出ると、井戸端で立ち話をしていた裏店《うらだな》のおかみさんたちが、早速と声をかけてきた。

「鎌倉から、初鰹《はつがつお》が届いたらしいんだよ。まぁね、最初に届いたのは先月の末くらいなんだろうけど、今日あたりのだと、あたしらでも買えるかも知れないって」

「ちょっとでも良いから買おうか、と話してるんだけど、やっぱり高いだろうねぇ」

「刺身は苦手、って女も多いけど、あたしゃ亭主を質に入れても食べたいよ」

　うっとりと話すおかみさんたちに、澪はつくづく江戸っ子の初鰹好きを思う。江戸の暮らしにまだ不慣れな頃は、初鰹に熱狂する江戸っ子気質《かたぎ》に馴染《なじ》めなかった。けれども今は、そうした姿を自然に受け入れている不思議。

　うんと背伸びして買った、僅かばかりの初鰹に芥子《からし》を塗って食べる。日頃は倹《つま》しい暮らしぶりでも、その一事で江戸っ子としての見栄《みえ》も張りも保てるのだ。何とも清々《すがすが》しいではないか。

「今年は私も買ってみようかしら」

　そう言ってから、少し考えて、澪は首を横に振ってみせる。

「でもやっぱり、きっと高いから鰊《にしん》にしておきます」

「やだよぅ、澪ちゃん、鰊なんてのは畑の肥《こ》やしじゃないか」

おかみさんたちの、わっという朗笑《ろうしょう》で井戸端が沸《わ》き立った。各々《おのおの》の部屋から亭主たちが、何だ何だ、と顔を覗かせている。裏店の住人たちそれぞれの一日が、賑やかに始まろうとしていた。

つる家の調理場で、山独活《やまうど》を酢水に晒《さら》しながら、澪は井戸端での会話を思い出して、くすくす笑う。

「おっ、何だか知らねぇが楽しそうだな、お澪坊」

背後からひょいと、種市は澪の手もとを覗き見た。

「山独活で何を作るつもりだい？」

「若布《わかめ》と合わせて酢味噌和《あ》えにします。鰊があれば、独活とよく合うんですが……」

山独活を触る手が、自然に止まった。独活と鰊はこの時季ならではの出会いもの。だが、思えば江戸では、塩引きにした鰊にたった一度、お目にかかったきりなのだ。

「旦那さん、こちらでは鰊を食べないんですか？」

澪に問われて、そうさなあ、と店主は考え込んだ。

「お菜の番付表には塩引き鰊が載っちゃあいるが、何かの間違《まちげ》えだと思うぜ。正直、ほとんど食わねぇからな。鰊ってやつぁ、食いものってより田畑の肥やしだろ」

途端、澪は、とほほと両の眉を下げた。

春、遥か北の海で、鰊が大量に獲《と》れる。脂肪に富むため、その身から油を取り、残りの粕《かす》は栄養分の高い肥やしとして引く手あまた。鰊は肥やしだから食べない、というのは確かにそうなのだろうが……。

北の地では食用とされていることもあり、塩漬けにしたものや、腹身を肥やしに回して残る身をからからに乾かしたものが、北前船《きたまえぶね》で大坂に運ばれる。大坂では塩引きよりも圧倒的に、「身欠《みが》き鰊」と呼ばれる乾いたものに人気が集まった。刻をかけてゆっくりと戻した身は、ほろほろと柔らかで、味わいは濃厚。茄子《なす》と炊いたり、昆布《こんぶ》で巻いてみたり、と料理の幅は無限に広がるのだ。

「お澪坊の話を聞いても、やっぱり、俺には鰊は肥やしにしか思えねぇなあ」

店主はそう言って、ひょいと首を竦《すく》めた。

昼餉時を過ぎて、潮が引くように入れ込み座敷のお客の姿が消えた頃。おいでなさいませ、と下足《げそく》番の声に出迎えられたひと組のお客が居た。坂村堂と美緒だった。

「良かったよ、美緒さんも随分と落ち着いたみたいで」

ふたり分の膳を取りにきたおりょうが、ほっとした口調で教えてくれた。間仕切り越しに覗くと、なるほど、坂村堂に話しかけられて、美緒が笑顔で頷いている。何らかの光が見えてきたに違いない、と澪は心から安堵《あんど》した。ふたりが食べ終える頃合いを見計らって、座敷へ顔を出す。目ざとく澪を見つけて、美緒は恥ずかしそうに頬《ほお》を赤らめ、

「澪さん、その節は色々とごめんなさい」

と、消え入りそうな声で詫びた。澪は軽く首を横に振ると、

「落ち着いたみたいで安心したわ」

と、口もとから純白の歯を覗かせた。

「娘の加奈《かな》とすっかり意気投合してしまって。娘がふたりになったようで、家の中が華やいで見えますよ」

坂村堂が言えば、美緒も、

「加奈ちゃんが可愛らしくて。何だか妹が出来たみたいで嬉しいのよ」

と、澪に笑《え》んでみせた。良かった、と澪も微笑《ほほえ》み返す。

「澪さん、まことに申し訳ないのですが、この酢味噌和えのお代わりを頂けますか？」

坂村堂にねだられて、澪は、はい、すぐに、と弾んだ声で応えた。

「うんうん、この味です」

山独活と若布の酢味噌和えをひと口、口に入れた途端、坂村堂のきょとんと丸い目

がきゅーっと細くなる。見守る美緒と澪は、笑いを堪《こら》えて肩を揺らした。

「山独活《うど》と若布、という取り合わせがまた素晴らしい。山のものと海のものを合わせると堪《たま》らない美味《おい》しさになりますねえ」

坂村堂の言葉に、澪は嬉しくなって、大きく頷いた。

「独活には鰊も合うんですよ。江戸では、身欠き鰊を見たことがないのですが」

みがきにしん？　と美緒が首を傾げている。

「鰊を磨くの？　澪さん」

「腹身を欠いて、背身をからからに干したものを『身欠き鰊』と言うのよ」

米のとぎ汁に浸《つ》け、幾日もかけてゆっくりと戻したものは、炊くとふっくらとした身が何とも味わい深い。澪自身は、生の鰊の味を知らない。だが、戻した身欠き鰊の濃厚な旨《うま》みは、ほかに例えるもののないほどの美味しさだ。

「ことに、鰊を芯《しん》にして巻いた昆布巻きは……」

言いさして、澪は口を押さえた。大坂の言葉で「こんまき」と呼ばれる鰊の昆布巻きの味が蘇《よみがえ》り、ふいに涎《よだれ》が零《こぼ》れそうになったのだ。

なるほど、と坂村堂が感心してみせる。

「面白いものですなあ。たかが鰊と思っていましたが、なかなか奥が深い。そう言えば、清右衛門先生に伺ったことがありますが、『独活と鰊』というのは夫婦仲の良いことの例えだとか。そのうち、婚礼の料理にも使われるかも知れませんね」

見る間に、美緒の表情が翳《かげ》る。それに気付いて坂村堂もしまった、と思ったようだった。気不味《きまず》い沈黙が流れたところへ、表通りを行く花売りの声が聞こえてきた。

座敷の隅に控えていた芳が機転を利かせて、

「澪、美緒さんと一緒に座敷に飾る花を選んで、買《こ》うてきてくれへんか」

と、声をかける。

ほっとした顔で頷いてみせると、澪は、項垂《うなだ》れている娘を優しく誘った。

「澪さん、聞いて。父ったら酷《ひど》いの」

表に出た途端、美緒は料理人に縋《すが》る。老婆《ろうば》の花売りは花を買ってもらえるものと鋏《はさみ》を鳴らしながら根気よく待ったが、澪の詫びるような眼差しを受けて、首を振り振り九段坂を上っていった。あとに柔らかな牡丹の香りが残った。

「あんなに源斉先生とのことを望んでくれたはずが、今は爽助と一緒になれ、の一点張り。身を寄せてる坂村堂さんへも、毎日、爽助を使いに寄越《よこ》すのよ」

大粒の涙が、綺麗な瞳からはらはらと零れ落ちる。

「源斉先生と爽助とでは比べ物にならないわ。ひと回りも年上だなんて、私からみたらお爺《じい》さんだわよ」

まさにひと回り年上の相手を慕《した》っている身として、澪は両の眉を下げるしかない。大店のお嬢様は、募《つの》らせていた不満を一気に爆発させる。

「おまけに背は低いし猫背だし、肌も漉《す》き直した浅草紙みたいに汚いのよ。それに見たでしょう？　あの潰れた鼻に八重歯《やえば》。男なのに八重歯よ。口もとから八重歯が覗いただけで、ぞっとする」

あまりと言えばあまりな言われようで、澪は内心、爽助のことが気の毒になった。伊勢屋へ料理を作りに行った時に少しばかり話をしたが、温和で誠実な印象が強い。ただ、美緒にはやはり源斉と添うてほしい。自分の分まで恋を成就してほしいのだ。

「私、このまま坂村堂さんの養女になろうかしら。伊勢屋は父が望む通り、爽助を養子にして継がせれば良いのよ」

美緒は、俎橋《まないたばし》の方に目をやって低い声でそう洩らした。澪はどう応えて良いかわからず、同じように俎橋に顔を向ける。

赤子を抱いた若い女が、満ち足りた表情で橋を渡ってきた。橋の袂《たもと》で待っている大工らしい男が亭主なのだろう。男は赤子を受け取って、真っ青な空へ差し出すようにしてあやしている。

「私、源斉先生と一緒になれなくても……それでも構わない」

家族の情景に目を向けたまま、美緒がぽつりと言う。

「ずっと近くにいて、声を聞いて……それだけで良いの」

こくん、と澪も頷いてみせる。想《おも》い続ける幸せ、というのは確かにあるのだから。

でもね、澪さん、と美緒は傍《かたわ》らの娘の腕を摑んだ。

「もしも……もしも源斉先生が別のひとと夫婦になったりしたら、私、どうして良いかわからない。私は源斉先生以外のひとと夫婦になるなんて嫌。ずっとひとりで、源斉先生が私を見てくださるまで待つつもりだけれど……」

源斉先生に顧《かえり》みられることもなく、ひとりぼっちになるのは恐い、恐くて堪らない。

そう声を絞ると、美緒は顔を覆った。


その夜、帰り仕度を整える澪の脇で、種市が早くも寝酒を呑《の》み始めた。

「熱燗《あつかん》が旨いのも今のうちだ。そう思うと、この熱い一杯、一杯が惜しくてよう」

確か昨年の夏の終わりにも、冷や酒が旨いのも今のうち、と言って呑んでいた種市である。結局、年中美味しく呑んでいるのだ、と澪は可笑《おか》しくなって、くすくすと笑った。何だよう、と拗《す》ねてみせた種市だが、残り物の酢味噌和えを口に運びかけて、ふと箸を止める。

「そう言やぁ、昼間に話してたあれ……身欠き鰊だっけか、お澪坊、それを使って料理を作りたいんじゃねぇのか？」

店主の問いかけに、澪は眉を下げる。この江戸で、身欠き鰊が手に入るとは思えなかった。そんな澪の当惑を見抜いたように、種市はさり気なく、こんな提案をした。

「大坂屋《おおさかや》なら何とかなるんじゃねぇか？　お澪坊、手すきの時にでも顔を出して、相談してみちゃあどうだい。俺にもその自慢の味を食わしてくんな」

日本橋伊勢町の乾物商大坂屋は、芳が簪《かんざし》を売った銭で昆布と鰹節を求めて以来の付き合いだった。主《あるじ》も奉公人も全《すべ》て大坂者で、気心は知れている。澪は口もとを綻《ほころ》ばせて、はい、と応えるのだった。


卯月二度目の「三方よしの日」、早朝。

澪は明け六つの鐘を待たずに家を出た。俎橋の手前で左に折れ、そのまま川沿いを下る。本両替町を抜け、東へ真《ま》っ直《す》ぐ進んだ先に日本橋伊勢町はあった。俎橋から、急げば澪の足で小半刻（約三十分）。途中、美緒の伊勢屋の前を通る。

今にも泣きだしそうな空の下、伊勢屋久兵衛かたの奉公人だろうか、小さな子供が店の前を箒《ほうき》で掃き清めていた。まだ奉公に出て間もないらしく、箒の持ち方もおぼつかない。

「駄目ですよ、そんな掃き方をしては」

店の中から出てきて、そう声をかけるものがあった。こちらからは背中しか見えないが、声に聞き覚えがある。

爽助さんだわ。

澪はそっと建物の間に身を寄せて、ふたりの様子を覗き見た。箒はこう持って、と爽助は、腰を落として子供に持ち方を教える。

「伊勢屋の前だけではいけない、両隣りの前もきちんと掃くのだよ。それと、この通りを歩くのは、どなたも大切なお客様だと思って接するようになさい」

爽助の声を聞きつけたのだろう、手代と思《おぼ》しき若い男が慌てて飛び出してきた。中番頭さん、私が言って聞かせます、と話すのを聞きながら、澪はその場をそっと離れた。歩きながら、あることに気付いて、胸の奥がじんわりと温かくなる。爽助の幼い奉公人への接し方は、天満一兆庵の主、嘉兵衛にそっくりだったのだ。

「随分と早かったな」

調理場に息を切らせて駆け込んできた澪を見て、又次は包丁を使う手を止めた。

「伊勢町に寄ってくる、と聞いたんで、大方の下拵《したごしら》えは済ませておいたぜ」

「済みません、助かります」

調理台の上、三枚に卸《おろ》されたあいなめが並んでいる。あいなめの骨は折れ曲がって身に食い込む厄介者なのだが、丁寧に血合い骨まで抜かれていた。それを見て、さすが又次さんだわ、と声を洩らした。料理人としての又次の仕事ぶりには目を見張るものがある。

この江戸で売れる見込みがないため、大坂屋でも身欠き鰊の入荷はない、と聞かされて萎《しぼ》んでいた心の帆が、風を孕《はら》んでいくようだった。

「焼き鱠《なます》にすると聞いたんで、てっきり鰹だと思ったんだが」

「鰹はまだ高いので。暫くして手頃になったら、たっぷり使おうと思っています」

なるほどなぁ、と又次は感心した面持ちだ。

「もう十日もすりゃあ、初鰹の値も崩れる。先月末に二両だか三両だか出して買ったやつも居たってのが嘘《うそ》みたいに」

この店の料理は客の懐に優しいな、と言って、又次はふっと黙り込む。澪はさして気に留めず、綺麗に手を洗ってから、下茹でされた筍を賽《さい》の目に切り始めた。

「澪さん」

又次が鋭い眼差しで周囲にひとが居ないことを確認して、こう続けた。

「翁屋の例の話、どうする気なんだ」

自ら資金を融通して澪に料理屋を出させる心づもりなのは、伝右衛門にしても勝算があってのこと。だが、肝心の澪が乗り気でないのが気に入らない、と言いだしたそうな。又次の言葉に、澪はきゅっと唇を嚙《か》んだ。

天満一兆庵の再建と野江の身請け。両方が叶えられるかも知れない道筋なのに、どうしても迷いが拭えない。だが、その躊躇《ためら》いを正直に伝えるのは憚《はばか》られた。

澪は、左手に目を落とす。

「この指がもと通りに動くとわかれば、お受けします。それまで待って頂けませんか」

利き腕でないとはいえ、包丁を研《と》ぐにも細工包丁を使うにも難儀する現状。自信が持てない、という澪の言い分を又次は黙って聞いていた。

「何だか妙な空模様《そらもよう》だ、雨になるかも知れねぇな。ふき坊、傘を出しといてくんな」

店主が店の表で下足番相手に話している声が、調理場まで届いた。

七つ（午後四時頃）。つる家が酒を出す刻限になると、入れ込み座敷も二階の小部屋も、あっという間にお客で埋まった。あいなめの焼き鰤に、筍の木の芽和え、それに今夏、つる家に初めて登場した蚕豆《そらまめ》の塩茹に人気が集まる。

「あら、雨だわ」

開け放ったままの勝手口から雨の匂《にお》いが忍び込んで、澪は調理の手を止める。

「こりゃあ、あとになるほど強く降るな」

又次も澪の脇から表を覗いた。そして又次が読んだ通り、雨足は徐々に強くなり、それがため六つ半（午後七時頃）ともなると、ぴたりと客足が止《や》んでしまった。

「ちぇっ、せっかくの『三方よしの日』だってのによう」

空になった座敷を見回して、店主はがっくりと肩を落とす。仕様がねぇなぁ、今夜は早終《はやじま》いだ、と言うのを聞いて、又次は調理場から座敷の芳に向かって声をかけた。

「ご寮さん、この雨だ、今夜はこっちに泊めてもらっちゃあどうだい」

「ああ、そうしな、そうしな」

種市が言うと、下足棚の前でふきが嬉しそうにぴょんと跳ねた。後片付けを終えると、又次だけが帰り仕度をする。

「又さん、雨気で寒くなってきたから、一杯ぐっとやってから帰ってくんな」

澪に用意させた熱い酒を湯飲み茶碗に注《つ》ぐと、種市は又次に勧めた。遠慮なく、とそれを一気に呑み干す。一日働いたあとの酒がよほど旨かったのだろう、又次は軽く吐息をつき、手の甲で口を拭いながら、沁《し》みるぜ、と洩らした。その様子が何とも好ましく、澪と芳、それにふきの三人は優しい眼差しを交える。

「何だ何だ、もう店終いなのか」

いきなり勝手口が開いて、小松原《こまつばら》が、ぬっと顔を覗かせる。

「こっこっ小松原の旦那ぁ」

種市の尻が、板敷から浮いた。

「久々に旦那の顔が拝めるなんてよぅ」

さあさあ、ここへ座ってくんな、と小松原の腕を引っ張り、板敷に座らせる。

表情が何処となく暗い。その上、傘が破れているのか、それとも差すのが下手なのか、袖が雨に濡《ぬ》れている。風邪《かぜ》を引かないか、と澪は気が気ではない。

手の中に手拭いを握り締めたまま行動に移せない娘を、芳はそっと見やった。

「旦那さん、ほな、私とふきちゃんは、もう休ませて頂きますよってに」

芳の台詞《せりふ》に、小松原に酒を勧めようとしていた種市は、ふと、ちろりを持つ手を止めた。芳にふき、それに又次の視線がじっと自分に注がれているのに気付くと、はっと瞠目《どうもく》し、慌てふためいて板敷から立ち上がった。

「俺《おら》ぁ、何だかこう、寒気が……そうだ、寒気がしてきちまって。小松原の旦那、そういうわけなんで、悪く思わないでおくんなさいまし」

お澪坊、あとは頼んだぜ、と調理台にあった徳利を抱え、芳たちに続いて調理場を出ていった。小松原が怪しむ目で内所の方を見る。

「今、何か肴《さかな》を作りますね」

と、澪が言うのを制して、又次が板敷に七輪を置いて網を載せた。

「澪さんも座んな」

澪を小松原の向かいに座らせると、又次は焼けた網の上に、鞘《さや》のままの蚕豆を並べる。一体、何が始まるのか、と澪は小松原と顔を見合わせた。

「鞘が真っ黒になるまでよく焼いてくんな。裏表が真っ黒になったら頃合いだ。騙《だま》されたと思って、鞘から取り出して食ってみてくれ」

これだけありゃあ良いな、と笊《ざる》に山盛りのお代わりを置いて、又次はそのまま帰っていった。

じじじ、と網の上で蚕豆が歌っている。それを聞きながら、澪は言葉を探していた。話したいことは沢山《たくさん》あったのだ。翁屋の花見の宴《うたげ》で出した料理のこと。鰊の話。否、それより何より、伝右衛門から出た例の話。けれど、いざ小松原を前にすると、何を話せば良いのかわからなくなってしまう。ただ、男の濡れた袖が七輪の火で乾いていくのを見つめていた。

蚕豆の鞘《こ》が焦げてきたので、澪は順に両の手で引っくり返す。やはり黙って様子を見ていた小松原が、ふっと澪の左手に目を止めた。曲げたつもりが、中指と薬指だけが泳いでいる。

「動きが鈍いな。怪我《けが》をしてどれくらいになる」

「四月《よつき》ほどです」

「そうか」

会話は、常《つね》のようには弾まない。盃《さかずき》に目をおとす男の俯《うつむ》き加減の顔を見て、もしや何か悩み事があるのでは、と思う。否、御膳奉行《ごぜんぶぎょう》というその重責を思えば、悩みがないはずがないのだ。

季節の変わり目のこの時季、それでなくとも、どの食材を用いるのかの見極《みきわ》めは難しい。ましてや公方《くぼう》さまの召し上がる献立を考えねばならないのだとしたら……。

「料理のことで」

口をついて言葉が出た。小松原が顔を上げて澪を見た。

料理のことで何かお役に立てれば、と言おうとして、澪は口を噤《つぐ》んだ。それだけは言ってはならないような気がした。

「料理のことで?」

先を促すように言って、小松原は手酌で酒を注ぐ。

「料理のことで……悩みが尽きません」

我ながら間の抜けた台詞《せりふ》だと思った。

小松原はぽかんとした顔で澪を見る。やがて、ひくひくと頰が痙攣《けいれん》し始めたかと思うと、二つ折れになって笑いだした。

「小松原さま、笑い過ぎです」

両の眉を情けないほど下げて、澪は精一杯抗議する。だが、男は笑いを収める気配もみせない。網の上で蚕豆の鞘までが、ぶしゅぶしゅと笑いだした。澪は頰を軽く膨らませて、黒く焦げた蚕豆に手を伸ばす。皿に取って前へ置くも、男はまだ笑い続けていた。

「もう、知りませんから」

澪は膨れ面《つら》のまま、熱い鞘に難儀しながら中の蚕豆を取り出した。白いわたの部分が熱で溶けて甘く匂う。これまで色々な料理に用いてきた蚕豆だが、こうした素朴な食べ方は生まれて初めてだった。皮ごと口に入れてみる。あっ、と思う。皮が柔らかく、あまり舌に障らない。噛み締めると、茹でたものよりも豆本来の味がした。はふはふと夢中で食べる。そんな娘の姿に釣られて、男も蚕豆を手に取った。

「熱っ」

指を火傷《やけど》しつつ、中身を口に含む。

「旨い」

目尻に皺《しわ》が寄っている。旨いな、と同意を求められ、澪はこくこくと頷いた。黒く焦げたものを澪の皿と自分の皿とに移すと、小松原は新たな蚕豆を次々と網に並べていく。そうしてろくに話もしないで、笊ひと盛りの蚕豆を食べ尽くすと、おもむろに腰を上げた。

店に現れた時に気になった表情の暗さは消えている。澪はそのことを嬉しく思いながら、勝手口を開けた。

提灯《ちょうちん》と傘を手に外へ出ると、男は呟いた。

「おっ、雨が止んだな」

ああ、良かった、と澪は笑顔で男を送りだす。ゆっくりとした足取りで歩きかけた男が、ふと澪を振り返った。

「どんな菓子が好みだ？」

ふいに投げかけられた問いかけに、菓子？　と澪は首を傾げる。次に来る時の手土産《てみやげ》かしら、と思いかけて、自分の厚かましさに少し赤面する。そんなはずないのに。

「さっさと答えろ。菓子だ、菓子」

急《せ》かされて、澪は、じっと考えた。やがて口もとが綻《ほころ》び、何とも幸せそうな表情になる。

昨年末、節分の煎り豆をふたりで食べたことを思い出したのだ。

「……煎り豆です」

煎り豆、と口の中で繰り返して、小松原は首を捻《ひね》った。

「何だってそんな貧乏臭いものを。大体、煎り豆は菓子なのか？　節分の豆撒《まめま》きに使うくらいしか……」

言いかけて、男はふいに黙り込んだ。そして短く、そうか、とだけ呟くと、背を向けた。その背中を見送りながら、澪は、自分の脳裡《のうり》に浮かんだ光景を小松原に覗き見られた思いがして、しまった、と唇を噛んだ。

雨上がりの夜空に、優しく丸みを帯びた月が浮かんで、狭い路地に佇《たたず》む娘を密《ひそ》やかに照らしている。

淡い緑に、綻びかけた黄色。繊細で華奢《きゃしゃ》な花蕾《からい》が、笊にふわりとひと盛り。仕入れから戻った種市にそれを示された時、澪は嬉しさのあまり、ぱんと手を叩いた。

「まあ、花山椒だわ」

「大した手柄だろ？　今日を逃《のが》すと、もう二度とお目にかかれねぇかも知れねぇぜ」

種市が得意げに胸を張った。花山椒は、この時季のほんの数日だけの恵《めぐみ》。よほど気を付けていないと逃してしまうものなのだ。

佃煮《つくだに》にしよう。澪はそう決めて、笊を抱え込むと胸一杯にその芳香《ほうこう》を吸い込んだ。

少しでも多くのお客に行き渡るように、と小鉢に控え目に盛られた花山椒の佃煮だったが、その日、つる家を訪れた者は、とびきり短い旬の味に酔った。そして、昼餉時を過ぎた頃、あの男の声が、ひと気のない座敷に響き渡った。

「馬鹿者、これでは足りぬわ」

花山椒の佃煮を丼一杯寄越せ、と叱《しか》られて、種市がひゃっと首をすくめる。相も変わらぬ我が儘ぶりの、戯作者清右衛門だった。

調理場の間仕切りから様子を見て、やれやれ、とおりょうが苦く笑う。

「久々に現れたと思ったら、相変わらずだねぇ。宥《なだ》め役の坂村堂さんは、どうしちまったんだろう」

「清右衛門先生の執筆の間は、お誘いにならないみたいですよ」

丼一杯は無理でも、もう少しだけお代わりを持っていこう、と澪は小鉢を盆に載せた。その時、おいでなさいませ、の下足番の声に迎えられて、坂村堂が暖簾を潜った。すぐ後ろに、美緒の姿もあった。

「清右衛門先生」

版元が戯作者の姿を認めて、にこやかに席へと向かった。坂村堂、とその名を呼びかけた清右衛門だが、背後の美緒を認めて口を噤《つぐ》む。丁度、小鉢を運ぶために座敷にあがった澪は、清右衛門と美緒との間に火花が散ったように感じた。

つる家の面々がはらはらしているのにも頓着《とんちゃく》せず、坂村堂はさっさと清右衛門の向かいに座り込み、自身の隣りを美緒に示す。渋々と美緒は戯作者の斜め前に座ることになった。ふん、と鼻を鳴らして、清右衛門が言い放つ。

「親の決めた相手を嫌って家出した馬鹿娘を匿っているそうだな、坂村堂」

見る間に、美緒がぎりぎりと眦《まなじり》を吊《つ》り上げる。

「坂村堂の小父《おじ》さまも大変ねぇ。集ってばかりの戯作者ともお付き合いしなくてはならないんですもの」

そのひと言に、清右衛門がものすごい目で娘を睨みつけた。だが、版元は少しも気にすることなく、小鉢を運んできた澪に献立を尋ねて、あれこれと料理を注文するのに余念がない。

「伊勢屋も苦労なことだ。十九にもなって、祝言《しゅうげん》が嫌だの何のと赤子のように駄々をこねる娘を持って」

「世間で評判とかいう戯作を読んだけれど、何処が面白いのか全然わからないわ。犬にも興味がないし」

戯作者と娘は決して視線を交えずに、互いに言いたい放題だ。澪は注文を受けたのを口実に、逃げるように調理場へと引き上げた。調理場ではおりょうが胃の腑《ふ》の辺りを押さえて、

「何とかならないのかねぇ。あんな言い合いを聞いてると、こっちの方が具合が悪くなる」

と、嘆いた。

だが、つる家の面々にとって不幸なことに、清右衛門、坂村堂、それに美緒の三人とも昼餉をつる家で食べることを譲らず、刻をずらすこともしなかった。

「連日あれじゃあ、こっちの身がもたない。あたしゃ、坂村堂さんを恨むよ」

汚れた器を下げてきたおりょうが、間仕切りの向こうを示して澪に零《こぼ》す。今日も今

日とて、戯作者と弁天様の口戦《くちいくさ》が繰り広げられていた。

「大体、女などというものは、子供を生むための道具のようなものだ」

「能のない男のひとに限ってそう言う、と母から教わりました」

火花を散らすふたりの間で、我《われ》関せず、とばかりに丸い目をきゅーっと細めて鰺の塩焼きを食べている版元である。

「澪さん」

手が空いたので、干していた笊を取り入れるために表に出た澪は、背後から名前を呼ばれた。振り返ると、美緒がしゅんとした表情で立っていた。

「少し話したいのだけど、良いかしら」

以前、芳に言われたことを心に留めているのだろう。

「少しなら大丈夫よ」

澪は応え、さり気なく俎橋の方へと誘った。

飯田川の川べりに濃紫の杜若《かきつばた》の花が群生している。遠目に、羽を翻《ひるがえ》して今にも飛び立とうとする燕《つばめ》の群れに見えた。

「父が祝言の日取りを決めてしまったの」

花に目をやりながら、美緒が低い声で言った。澪はかける言葉を探しあぐね、黙って娘の美しい横顔を見た。

「皐月《さつき》の九日なの」

「そんな……。ひと月もないじゃない」

「天赦日《てんしゃにち》だそうなの。父は何でも易《えき》に頼るのよ。でも私、今回だけは絶対に嫌。店なんて要《い》らないから、家を出ようかと思って」

言いさして、美緒はさっと顔色を変えた。釣られてその視線を辿《たど》ると、川の向こうに爽助の姿があった。向こうも美緒を認めて、慌てて走りだす。

「お嬢さま」

息を切らせて俎橋を渡り、爽助は美緒に駆け寄った。

「お願いでございます。どうぞ伊勢屋へお戻りくださいませ」

「戻りません」

美緒は男から顔を背《そむ》けて、そっけなく応える。

「私が戻らなくても、お前が伊勢屋を継げるのなら、それで良いじゃないの」

私のことは放っておきなさい、と言い捨てて美緒はぱたぱたとつる家に駆け込んでしまった。爽助は暫くその場に佇んでいたが、澪に気付いて、

「お目汚しでした、お許しくださいまし」

と、丁寧に頭を下げる。去りかけた爽助を、澪はつい、呼び止めてしまった。

「来月九日の祝言というのは、絶対なのでしょうか」

「旦那さまのお決めになられたことですから」

爽助は足を止め、澪に向き直る。

「ただ、お嬢さまのお気持ちを考えれば……。源斉先生は医師としても、また、ひととしても、素晴らしいかたですし」

それに、と爽助は目を瞬《しばたた》かせて、つる家の方を見た。

「お嬢さまに泣かれるのが、私は一等辛《つら》いのですよ。随分とお小さい頃からずっと存じ上げておりますから……。あのかたには、いつも大輪の牡丹の花のように笑顔でいらして頂きたいのです」

美緒への慕情が溢《あふ》れ出るような眼差しだった。ああ、このひとは、と澪は気付く。今回の話が持ち上がる前から、美緒さんのことを想っていたのだ、と。

奉公人が主筋のひとを想う、というのは本来はあってはならないこと。逆に、主からその娘と添えと命じられれば、奉公人に拒《こば》む術《すべ》はない。降って湧いた想いびととの縁組を、だが爽助は美緒の胸のうちを慮《おもんぱか》って苦しんでいるのだろう。澪にはその切ない気持ちが充分に忖度《そんたく》出来た。

爽助は美緒を、美緒は源斉を想う、という皮肉。ひとの想いというのはどうしてこうもままならぬものなのか。爽助を見送りながら、寂《さび》しさが募るばかりだった。

「皐月の九日だなんて、あんまり急な話だよ」

おりょうが帰り仕度を整えながら、溜め息とともに吐き出した。美緒が席を外した時に、坂村堂からその話が出たのだそうな。

「源斉先生との縁組の話が出た時に、新居やら道具やら揃えてるからって、花婿さんの首をすげ替えるみたいな真似《まね》がよく出来るものさ」

伊勢屋の旦那もあんまりだ、とおりょうは零す。澪は黙って、水切りした豆腐に串を刺していた。板敷に座ってひと息入れていた店主が、湯飲み茶碗を置く。

「けどよぅ、結局は弁天様も、お父っつぁんの言う通りにするしかねぇと思うぜ。なあ、ご寮さん」

水を向けられて、器を布巾《ふきん》で拭っていた芳が、そうだすなあ、と頷いた。

「大店の跡取りの婚姻で、その本人の意見が顧みられることは、そうそうおまへん。坂村堂さんにしたかて、何も今の縁談を壊そうとして美緒さんを預かってるわけやない思います。諦めて自分から伊勢屋に戻らはるんを気長に待ってなはるだけだすやろ」

「外濠《そとぼり》はとうに埋められてるってわけかい。ああもう、くさくさするったらないよ」

あたしゃお先に失礼しますよ、と尖《とが》った声で挨拶《あいさつ》しておりょうが帰りかけたところを、まぁ待ちな、と種市が呼び止めた。

「俺ぁこの間っから考えていたんだが、どうだろう、明後日《あさって》あたり、店を休んで、皆で浅草へでも遊びに行かねぇか。弁天様、もとい美緒さんも誘ってよう」

おりょうと芳、それに澪が怪訝《けげん》そうに互いの顔を見合わせる。

「旦那さん、えらい急なお話だすなあ」

芳の言葉に、種市は、違う違うと首を振った。

「前々から花見に換わる息抜きをしよう、てぇ話は出てただろ？　うかうかしてると皐月になるし、そうすりゃ直《じき》に入梅《にゅうばい》だ。今くらいに出かけちまうのが丁度良い」

十八日は観音《かんのん》様のご縁日だし、お参りしてちょっとした店を覗いて、という店主の説明を聞くうち、奉公人たちの顔が綻びだした。

二日後、隅々まで晴れ渡った空と、初夏を思わせる日差しに恵まれた朝になった。

つる家の店主と芳と澪とふき、それに美緒、合わせて五人の姿が大川を遡《さかのぼ》る屋根船の中にあった。美緒を一緒に連れて行くなら、と坂村堂のたっての願いで、徒歩ではなく一石橋《いちこく》傍の裏河岸《うらがし》から船で浅草入りすることになった一行なのである。

「おりょうさんには悪いことしたなあ。あんなに楽しみにしてたのによぅ」

伊佐三《いさぞう》の親方宅に不幸があり、おりょうは昨日から太一《たいち》を連れて弔《とむら》いの手伝いに行っているのだ。弔いごと、いうのは避けられへんことだすよって、と芳が店主を宥めた。

「しかし、屋根船なんてなぁ、お大尽《だいじん》が乗るもんじゃねえのかよぅ」

罰があたりそうだ、と種市が洩らすと、

「仕方ないわ、だって私、とても浅草まで歩けないもの」

と、気にも留めない美緒である。船が初めてのふきは、へりを両手で摑んで、夢中で水の中を覗き込んでいた。

右手に延々と白壁の武家屋敷が連なり、左手には幕府の米蔵、浅草御蔵が並ぶ。米蔵には均等に鋏を入れた如《ごと》く堀が切り込んで、米の荷上げか、頻繁《ひんぱん》に船の出入りがあった。

「あれが首尾《しゅび》の松でございますよ」

船頭が、埠頭《ふとう》から川面《かわも》に向かい枝を垂らしている見事な松を指し示す。芳はうっとりとした眼差しで流れる景色を眺めていた。天満一兆庵のご寮さんだった頃は、花見や夕涼みの季節、店で仕立てた船で接客に勤《いそ》しんでいた芳なのだ。風にほつれた髪が遊ぶ様子を、澪は切ない思いで見守った。

「帰りは、大川橋の方でお待ちしております」

船頭は駒形堂《こまがたどう》手前で船をつけて、一行をおろした。ゆっくりご参拝を、との声に送られて、駒形堂から並木町へ入る。ここまでくれば浅草寺《せんそうじ》は目の前だ。大きな提灯に目を奪われながら風雷神門を潜ると、幅広い参道の両側に支院が建ち並び、その前で菓子や玩具、古着などを商う者が続く。ご縁日ということもあって、参道はひと、ひと、ひとで埋まっていた。

「くれぐれも逸《はぐ》れないよう頼みますぜ、美緒さん。ふき坊も、あとをついてくんだぞ」

「旦那さん、万が一逸れた時に、集まる場所を決めといた方がええんと違いますか」

あまりの混雑ぶりに芳が提案すると、種市は門傍の「羽二重団子《はぶたえだんご》」の幟《のぼり》が目立つ茶店を指し示した。それで安心したのか、美緒は軽やかな足取りで小間物屋を目指す。

「おおい、弁天様よぅ、待ってくんなよぅ」

慌てふためいた種市が、ふきの腕を摑んで追い駆けて、あっという間に三人とも見えなくなってしまった。

澪と芳は人波を縫って、本堂を目指す。左手に伝法院《でんぼういん》の表門が見えてきた時だった。参拝を終えて帰る一群が、正面の仁王門からどっと出てきた。熱心な信者の集まりなのだろう、口々に唱《とな》える経文《きょうもん》が周囲の音を飲み込んでいく。混雑に巻き込まれぬよう芳を背後に庇《かば》い、集団が通り過ぎるのを立ち止まって待つ。

ふいに芳が鋭い声を上げ、澪を払い退《の》けて駆けだした。芳の叫び声は読経《どきょう》に吸い取られて聞こえない。

「ご寮《りょん》さん」

澪は何が起きたのかわからず、ただもう夢中でご寮さん、ご寮さん、と呼びながらあとを追う。目の前で芳が足を縺《もつ》れさせて転倒した。駆け寄って助け起こそうとする澪に、

「佐兵衛や、澪、佐兵衛なんや」

と、芳は真っ青な顔で指さして訴える。はっと瞠目してその指し示す先を見た。東へ抜ける道を行く群れに、一台の荷車が切り込んで進む。そのためにほんの一瞬、視界が開いた。少し先、色褪《いろあ》せた藍染《あいぞ》めの手拭いで頬被《ほおかむ》りをした男の後ろ姿が覗く。その少し下がり気味の左の肩を見て、澪は弾《はじ》かれたように立ち上がった。左肩が僅かに

下がり気味になるのは、澪もよく知る佐兵衛の癖だった。

澪は無我夢中で走りだす。決して見失うまい、と前に塞《ふさ》がる人波を両手で乱暴に掻《か》き分けて、その後ろ姿に迫った。

「痛《いて》ぇ、何すんだ、このあま」

激しくぶつかったことで腹を立てた相手が、容赦なく澪を突き飛ばす。無残に地面に転がる。足蹴《あしげ》にされながらも、起き上がって走る。

「若旦那《わかだん》さん、待っとくれやす」

声を嗄《か》らして呼ぶ。またぶつかる。詫びの言葉さえ忘れて、澪は必死で前へ進もうとした。だが、佐兵衛と思しき男の姿は雑踏に飲み込まれ、消えていた。

「若旦那さん、若旦那さん」

それでも諦めず、ひとの流れに乗って夢中で進むうち、大川端へ出た。材木を商う土地なのか、積み上げられた木や竹の香が川風に散る。ご縁日ということもあって、川面には猪牙船《ちょきぶね》や屋根船が柳の葉を撒いたように浮かんでいた。目の前には大川橋。

俎橋とは桁違《けたちが》いの幅と長さを持つ橋を、澪はおろおろと渡りかけた。このまま橋を渡るのか、それとも船を捜すのか。もしかして、他にあたるべきところがあるのか。

考え過ぎて頭が真っ白になる。落ち着こう、と橋の欄干に両手を置いて川下に目を落とした。

切り出した材木を何処かへ運ぶのだろう、一艘《そう》の筏《いかだ》が、橋下をゆっくりと流れていく。船頭はひとり、後ろに誰かを乗せている。褪せた藍染めの手拭いが目に飛び込む。頬被りをしたその男の姿を認めて、澪は大声を上げた。

「若旦那さん、天満一兆庵の若旦那さん」

驚いたように男がこちらを見た。黒目がちの双眸《そうぼう》、すっきりとした鼻筋、芳によく似た面差し。

間違いない、歳こそ重ねているが、探し求めていた佐兵衛だった。佐兵衛は佐兵衛で、筏の端まで這《は》い寄って澪を見上げる。互いが互いを認めた瞬間だった。

一刻も早く若旦那の傍へ、と思うものの、橋の上も川岸もひとで埋まっている。澪は欄干から身を乗り出した。

「危ねぇ」

馬鹿な真似は止めろ、と幾つもの腕が澪を止める。放して、飛びこむのと違う、と澪は制止を振り切った。刻がないのだ、筏は流れに乗って遠ざかりつつある。

「元飯田町のつる家、元飯田町のつる家だす。そこにご寮さんも一緒に」

佐兵衛もまた、筏の上で身を乗り出している。その口が「つるや」と動いたのを、澪は確かに見た。難儀しながら橋を戻ろうと試《こころ》みたが、佐兵衛を乗せた筏の姿はすでに豆粒ほどになり、やがて視界から消えてしまった。

よろよろになりながら、澪は来た道を引き返す。伝法院の表門が見える辺りまで戻った時、人波から逃れて灯籠《とうろう》の陰で待つ芳を見つけた。

「澪」

名を呼んで、手を差し伸べるそのひとの足もとに、澪は倒れるように座り込み、額《ひたい》を土に擦《す》り付けた。

「ご寮さん、堪忍しとくれやす。私、若旦那さんを……確かに若旦那さんやのに」

「佐兵衛に間違いなかったんか、佐兵衛やったんやな、澪」

芳は澪に取り縋《すが》り、その肩を揺さぶりながら、一番知りたかったことを確かめる。

「へえ、間違いおまへん」

そのひとことを聞くと、芳は、生きてた、と洩らし、両手で顔を覆った。

「生きてたんや、生きててくれたんや」

芳は泣きじゃくりながらも、立ち上がり、人波をかき分けて歩きだす。澪は芳を追い、抱くようにして大川橋へ向かった。

「佐兵衛、佐兵衛」

欄干から川下へ向かって声を限りに息子を呼ぶ芳を、澪は申し訳なさで胸が潰れる思いで見つめた。声が嗄れるまで佐兵衛の名を呼んだあと、芳はくたくたと膝から崩れ落ちた。もはや立ち上がる気力は失われていた。

「ふき坊、頼まれてくんな」

大川橋の袂《たもと》に、坂村堂が寄越した屋根船が待っている。先に芳を船内に寝かせて、船頭にあらましを話してから、種市は腰を落としてふきの顔を覗き込んだ。

「俺ぁ、お澪坊とここへ残って、筏の主を探すことにする。お前はこの船に乗るんだ。そして、美緒さんを坂村堂さんに任せたあと、ご寮さんを連れてつる家へ帰る。裏河岸の船宿からは、駕籠を使えば良い。出来るか？」

はい、とふきは緊張した面持ちで、しかしはっきりと答えた。

「頼む相手が違うんじゃなくて？　私の方がずっと年上なのに」

美緒が拗ねた口調で言って、けれどもすぐに心配そうな声でこう続けた。

「ご寮さんのことは私に任せて。坂村堂さんに話して、ちゃんとつる家へ送ってもらうようにするから。それと花川戸《はなかわど》の船宿の野原屋《のはらや》さんは父と懇意《こんい》なの。確か、この界隈《わい》で一番大きな船宿だわ。伊勢屋久兵衛の名前を出せば、力になってくれるはずよ」

ありがとう、と澪は娘に深く頭を下げる。今はその存在を何よりも心強く感じた。

野原屋にも協力を仰《あお》いで、筏の主のことを尋ねて回ったが、はっきりとはわからない。日が落ちるまで手を尽くしたものの、全《すべ》ては徒労に終わった。

こちらで引き続き調べるから、との野原屋の申し出に甘え、綿のように疲れた身体に鞭《むち》打《う》って、種市と澪は帰路に着いた。浅草御門手前で西に折れて神田川沿い。昌平橋を渡れば、あとは通い慣れた道だ。満月に少し鉋《かんな》をあてたような形の月が、天の低いところに留《とど》まって、ふたりの足もとを明るく照らしている。

佐兵衛を引き止める術があったのではないか――澪はその後悔の念で、苦しみの中に居た。

「若旦那は自分が遊女を殺した、と思い込んでるんだろ？　人殺しとしてお上《かみ》から追われている、と。だったら、お澪坊んとこへは引き返せるはずがねぇんだよ」

娘の苦悩を察したのだろう、種市は、ぽんぽんと澪の肩を叩く。

「それに、ちゃんと元飯田町のつる家、って伝えたじゃねぇか。一番大事なことを伝えられたんだ。あとはきっと若旦那の方から、連絡があるに決まってらぁ。おっ母さんがこの江戸に居るとわかったんだからよ」

店主の言葉に、澪は弱々しく頷いた。野原屋に頼んだとはいえ、もう、待つ以外に手立ては残されていないように思われた。それでも他に何か方法がないか、澪は息を詰めて考え込む。

月に見守られて、木戸が閉じる前につる家に帰り着くことが出来た。出たり入ったりして、ふたりの帰りを待ちわびていたらしいふきが、中から飛び出してきた。

「お帰りなさいませ」

ふきちゃん、と澪は少女に駆け寄って、芳の状態を真っ先に尋ねる。それが、とふきは目で二階を示すと、

「坂村堂さんが源斉先生を寄越してくださいました。お薬を飲んで、今はよく休んでおいでです」

と、答えた。眠りにつくまでずっと、澪たちに任せきりで済まない、自分が情けない、と繰り返していたとのこと。これまでも心労が祟《たた》ると倒れることの多かった芳なのだ、源斉に診《み》てもらった、と聞いて澪はほっと安心し、額の汗を拭った。

その夜は冷飯を握ったものを口にしただけで、三人とも早々に床《とこ》に着いた。高齢の種市はよほど疲れたのだろう、好きな酒も飲まずによろけるように内所へ消えた。階下からの鼾《いびき》に耳を傾けながら、澪は眠れずに居た。

佐兵衛の口が「つるや」と動くのを確かに見た。もしも自分が佐兵衛の立場なら、母親の居場所が知れたのだ、矢も盾《たて》もたまらず間を置かずに訪ねるに違いない。明日かも知れない、明後日かも知れない。

若旦那さん、早《はよ》う。早う訪ねて来ておくれやす。澪は闇《やみ》の中で必死に祈った。

「今、表でふきちゃんに聞いたよ。ご寮さん、良かったねぇ。生きてると知れて、本当に良かったねぇ」

翌朝、勝手口から現れるなり、おりょうはそう言って洟を啜った。へえ、おかげさんで、と芳は目頭《めがしら》を指で押さえる。

「ご寮さん、昨日の今日だ、あんまり無理しねぇでくんなよ」

種市が気遣《きづか》うと、芳は大丈夫だす、と首を振った。誰もが口にはしないが、佐兵衛が今日あたり現れるはず、と期待していた。坂村堂も美緒を伴って訪ねてくれた。だが、その日、暖簾を終う刻限になっても佐兵衛は姿を現さず、芳と澪は種市の勧めに従って、つる家に泊まり込んだ。翌日になっても、さらにその次の日が来ても、それらしい人物が店を訪れることはなく、無情にも刻は流れた。

深夜、澪は、芳が勝手口から外へ出て、路地に蹲《うずくま》って泣くのを見た。なす術もなく、澪は戸の内側に隠れて膝を抱え込む。

もしも、このまま佐兵衛が二度と再び現れることがなかったら……。江戸に出て三年。この三年の間、佐兵衛の消息が知れないことで芳がどれほど苦しんだか、ずっと傍らで見聞きしてきた身。大川で佐兵衛と再会した時に、佐兵衛の思い違いを、人殺しではないことを知らせる術はなかったのか。何か出来たはずではないのか。後悔で心《しん》の臓《ぞう》が潰れそうになる。

唐突に、翁屋の伝右衛門の話を思い出した。もしも、吉原に天満一兆庵の暖簾を掲《かか》げたら、どうなるだろう。何もかも失う原因を作った吉原で、店を再建し成功させたなら、佐兵衛の名誉を再び取り返すことが出来るのではなかろうか。

澪は薄闇の中でそっと左手を開いた。

巡り合わせ、という言葉がある。いつまでも迷っている澪の背中を押すために、神仏が佐兵衛と会わせてくれたのではないのか。この指がもとの通りに動くようになるなら、あの話に賭《か》けてみよう。揺れに揺れていた心が、ぴたりと止まった。

卯月最後の「三方よしの日」の早朝。

又次が来るまでに朝餉の仕度を、と調理場に立った澪の耳に、ふきの悲鳴が届いた。

何ごと、と慌てて二階へ向かうと、階段途中に芳が蹲り、ふきが小さな身体で必死に芳を支えていた。

「もう少しで階段から落ちるところだったんです」

間一髪だったのだろう、ふきが震えている。

「何や立ち眩《くら》みがしただけだす」

立ち上がりかけて、芳はまたふっと倒れそうになった。澪は、その身体を支えて二階端の部屋へ戻る。ふきが源斉を呼びに走り、その間に又次が現れた。

「こっちは俺に任せて、構わねぇからご寮さんに付いててやんな」

「そんなわけにはいきませんから」

前掛けを締めようとする澪の手を、又次が乱暴に押さえる。

「俺ぁ、これまでだってあんたに下拵えを任せてもらってるぜ。料理人としての誇りや矜持《きょうじ》に拘《こだわ》るのも良いが、刻と場合による。ひとの手を借りることも大事だろう」

「又さんの言う通りだぜ、お澪坊。せめて源斉先生の診察が終わるまで、傍についてやんなよ」

仕入れから戻ったばかりの店主にまで説得されて、前掛けを置くと、芳の休む部屋へと駆けあがった。源斉の到着を待つ間に、取っておいた薬を煎《せん》じる。それを飲むと、芳は軽い寝息を立て始めた。

「薬がよく効いているようです。このまま休ませてあげてください」

丁寧に診察を終えて、源斉は、手桶《ておけ》の水で手を濯《すす》ぎながら言った。

「坂村堂さんから事情を聞きました。大変でしたね。澪さんは大丈夫ですか？」

源斉から労《ねぎら》われて、ここ数日、耐えていた哀《かな》しみが堰《せき》を切ったように胸に溢れた。

「源斉先生、教えてください。私のこの指はもとの通り動くようになりますか」

もしそうなら、伝右衛門の話を受け入れよう。天満一兆庵の暖簾を掲げて、芳とふたり、佐兵衛の帰りを待とう。祈るような眼差しを受けて、源斉は暫く黙り込んだ。そして意を決したように澪を見返した。

「これまで明言を避けてきましたが、澪さんの指がもと通り動くようになるのは、難しいかも知れません」

澪はそっと両の目を閉じる。半《なか》ば覚悟もしていたけれど、半ば期待もあった。

見栄《みば》えのする細工包丁で、料理を美しく仕上げる。両手を使って食材を結んだり、引いたり、といった細かい作業を自在にする――二本の指がもとの通りに動いてさえくれれば、何の苦もなく出来ることが、しかしもはや叶わない。つる家のことを脇に置いて、伝右衛門の話を受けようとしたことへの天罰なのかも知れない。否、全て、自身の迂闊《うかつ》さが招いたことなのだ。包丁を扱う身でありながら、ほかに気を取られて指を怪我するなど、馬鹿なことをしてしまった。本当に、馬鹿なことを……。

色々な思いが絡んで、堪えても唇が戦慄《わなな》き、閉じた双眸《そうぼう》から涙が溢れる。暫く、医師は無言で娘の落涙《らくるい》を見つめていたが、やがて両の手を伸ばして、澪の左手をそっと包んだ。澪が瞳を開くと、そのまま源斉は深く頭を下げた。

「許してください。私にもっと腕があれば、あなたにこんな思いをさせずに済んだ。それを思うと、申し訳のない気持ちで一杯になります」

澪は驚き、どうぞお顔を上げてください、と医師に懇願する。その時、僅かに開かれた襖から、甘やかな香りが部屋に忍び込んだ。しかし、その芳香にも、ひとの気配にも、ふたりは気付かなかった。

明日も様子を見に伺います、との言葉を残して、源斉は帰っていった。俎橋まで見送って、つる家に戻る。店の表で、種市が首を傾げていた。

「伊勢屋の弁天様が、ご寮さんのことを心配して様子を見に来てくれたんだが、黙って帰っちまったみたいで、もう姿がねぇ」

何か気に入らねぇことでもあったのかねぇ、という店主の呟きも、澪の耳を掠《かす》めただけだった。

その夜。澪はなかなか眠りにつくことが出来ずに、寝返りばかりを打っていた。澪、と低い声で名を呼ばれ、闇の中で芳の起きだす気配がした。ご寮さん、と小さく応え、手さぐりで芳のもとへと近寄る。指先が芳の夜着《よぎ》を捉《とら》えた。

「澪、随分とお前《ま》はんに心配をかけてしもた。堪忍しとくれやす」

「お詫びせなならんのは、私の方だす。あの時、もっと何か出来たはずやのに……」

堪忍してください、と澪は夜着に顔を伏せて、声を絞った。

真っ暗な室内、同じく手さぐりで澪の手に辿り着くと、芳はその手を夜着からはがして、両の掌で自身の胸に引き寄せる。

「私は愚かな母親だす。母親としての思いだけで一杯一杯。お前はんがこの度《たび》のことでそないに自分を責め苛《さいな》んでいることに、思いが至らんかった。堪忍やで、澪」

くぐもった声で詫びを繰り返すと、芳は、哀しい声で続けた。

「何があろうと、生きてさえくれたら良い――この三年、そんな気持ちで居たはずが、生きてることがわかったら、今度は何で会いに来てくれへんのや、と。ほんに、ひとの欲には際限がないなあ」

ご寮さん、と澪は呼んで、その手に自身の手を重ねる。芳は小さく吐息をついたあと、気持ちを払拭するように、明るい口調でこう言った。

「佐兵衛は生きてた。この江戸で、同じ空の下で、生きててくれたんや。今はそれで充分だす。事情が許せばきっと、会いに来てくれるはず。それまで私は盛大元気に働いて、あの子を待ちまひょ」

芳の声を聞きながら、澪は胸の中で神仏に願《がん》をかけた。

この指が一生もとに戻らずとも構わない。その替わり、若旦那さんを一日も早くご寮さんのもとへお返しください。どうかもう、これ以上、ご寮さんを苦しめないでください、と。

来月の端午《たんご》の節句を控えて、庶民も武家も準備に余念のない時節となった。十軒店《じっけんだな》に兜《かぶと》と鯉幟《こいのぼり》の市《いち》が立った、という噂《うわさ》も届く。

佐兵衛はやはり姿を見せない。芳は落胆も哀しみも胸に畳み込んで、いつもと変わらぬ姿で店に立ち、つる家に常の光景が戻った。

「今頃に鰹を頂くとは妙な気分ですが」

躊躇《ためら》いがちに坂村堂が焼き鱠《なます》を頬張る。たちまち、丸い目がきゅーっと細まった。

その様子に微笑みながら、傍らに美緒が居ないことを、皆が不思議に思う。

「坂村堂さん、今日は美緒さんはご一緒じゃないんですか？」

　お茶のお代わりを運んできたおりょうが尋ねると、傍らから戯作者が答えた。

「馬鹿娘なら、とうの昔に伊勢屋へ戻ったぞ。やっとしおらしく、親の言う通り婿を取ることにしたそうな。熱っ！」

　おりょうが落とした湯飲み茶碗の中身が清右衛門の手にかかった。だが、おりょうはそれを顧みる余裕もなく、版元へ迫った。

「坂村堂さん、今のは本当の話なんですか？」

　問われて少し躊躇ったが、坂村堂は箸を置くと、ええ、と頷いた。予定通り、皐月の九日に内輪《うちわ》で祝言を済ませるのだ、という。

　おめでたい話のはずが、つる家の面々は一斉に暗い表情になった。傍らの澪に空の飯碗を差し出して、坂村堂は声を低める。

「正式にお話が来ると思いますが、伊勢屋さんでは婚礼の膳を、澪さんにお願いしたいとのお考えのようですよ」

　果たしてその日の夕刻、伊勢屋久兵衛方から使いが来て、美緒の達《たっ》ての願いで来月九日の饗膳《きょうぜん》を澪に委《ゆだ》ねたい、との申し出があった。久兵衛の文《ふみ》には、うちうちの祝言なので型どおりでなくとも良い、何よりも心に残る膳にしてほしい旨《むね》、水茎《みずくき》の跡も鮮やかに認《したた》められていた。

「お澪坊、どうする」

店主に問われ、澪は、明日、改めてお返事に伺います、とだけ答えた。

翌朝早く、日本橋本両替町の伊勢屋に美緒を訪ねた。源斉の件で奉公人たちも澪を見知っており、すんなりと離れへ通される。

「美緒さん」

少し経《た》って現れた娘を見て、澪は息を呑んだ。似紫《にせ》に薄紅の牡丹を描いた袷《あわせ》が、吐息の洩れるほどによく映る。だが、面窶《おもやつ》れし、憂《うれ》いを含んだ表情は、祝言を控えた喜びや幸せとは無縁のものに思われた。ただ、ひと月ほど前に大泣きしていた同じ娘とは信じ難いほど、凛《りん》とした静かな美しさを漂わせていた。

ああ、美緒さんは本当に心を決めたのだ、とその決意を感じとる。澪は居住まいを正して、畳に両の手をついた。

「この度はおめでとうございます」

「ありがとうございます」

美緒も畳に手をついて、美しい所作でお辞儀をする。

「饗膳を澪さんにお願いするよう、父に頼みました。引き受けて頂けますか」

「はい。精一杯、務めさせて頂きます」

澪は心を込めて応えた。良かった、と美緒は小さく呟いた。

「これで私も、自分の気持ちに区切りをつけられます」

会話はそこで途絶え、短い沈黙があった。音のない空間を埋めるように、つつぴー、つつぴー、と小鳥の鳴き声がする。庭に目を向けると淡い緑の葉陰、柿の枝にぶら下がって四十雀《しじゅうから》が餌《えさ》を啄《ついば》んでいた。

先達《せんだつ》て、源斉と鶯《うぐいす》を見た時には、あの木は冬枯れの光景の中にあった。今は瑞々《みずみず》しい新緑が木全体を覆い尽くしている。四十雀の無邪気な姿を眺めるうち、さらに前のことを思い出した。そう、昨夏、初めてここを訪ねた時に、美緒とふたり、同じ景色を眺めたことがあったのだ。

「初めて澪さんがここに来た時も、あの鳥が鳴いていたわ」

同じことを思ったのだろう、美緒が呟く。

「そうよ、丁度一年前の今頃だったわ」

この場所に座って、お互いに想いびとが居ることを打ち明けあった。源斉先生が好きなの、とぽろぽろ涙を零していた姿を思い返して、澪は咄嗟《とっさ》に美緒の腕を摑んだ。

「美緒さん、本当に良いの？　悔いはないの？」

腕を掴まれたまま、美緒はじっと澪を見つめた。その瞳がじわじわと潤《うる》み始める。

あなたを、と美緒は低い声を絞り出した。

「あなたを嫌いになれれば良いのに。心から憎めれば良いのに」

くっと涙を堪えて、美緒は静かに澪の腕を外した。


伊勢屋を出て、日本橋伊勢町の大坂屋の店先に立つと、顔見知りの手代が、これはこれはつる家さん、と愛想良く声をかけた。

「先達てお話のあった身欠き鰊《にしん》、店主が、私用に取り寄せていた品で良ければお分けするように、と申しまして」

如何《いか》ほどお入用で、と問われているのに、澪はぼんやり思案に暮れている。手代に再度、つる家さん、と呼ばれてはっと顔を上げた。

「饗膳に、鰊の昆布巻きを出さはるんだすか。それはええお考えやと思います。昆布は『子生婦』の字を当てて、結納《ゆいのう》にも欠かせませんよって」

澪から相談を受けた手代は、身欠き鰊に日高昆布と干瓢《かんぴょう》を吟味して並べる。祝言の膳を任されるのが初めてだという澪に、

「身欠き鰊を使われるのなら、干し数の子もどないだすか？　白水か塩水か、いう違

いだけで戻す手間は一緒だすよって」

ほかにも色々と助言したあと、手代は最後にひと言、こう結んだ。

「するめに生姜《しょうが》に鯉に水母《くらげ》……祝言の席で供されるのが約束事だすが、正直な話、そう美味《おい》しいもんでもないんだす。伊勢屋さんが望んではるんは、そないな料理とは違いますやろ」

型どおりでなくとも、心に残る膳を。

久兵衛の文を思い返しながら、澪は手代に礼を言って大坂屋をあとにした。

伊勢屋の前を足早に通り抜け、胸に風呂敷包みを抱いてひたすらに歩く。

――あなたを嫌いになれれば良いのに。心から憎めれば良いのに
友の声が、耳の奥にこびり付いて消えない。

昨夏、源斉との仲を勘ぐられたことがあった。再び、同じ誤解を受けてしまったのだとしたら。

違うのに。美緒さん、違うのに。

それでは源斉先生に、あまりにお気の毒だわ。

源斉が澪に示す優しさは、医者としての誠実さに由来するもの。第一、容姿にも人格にも恵まれた源斉と、料理しかない澪とを結んで考えることの方が不自然だろう。

駆け戻って、誤解を解きたい、という思い。それでも美緒の決意は変わらないだろう、という確信。澪はどうして良いかわからず、立ち止まって風呂敷に鼻を埋めた。昆布と鰊の良い香りがする。気持ちが滑らかになっていく。

遠くで鐘が鳴る。捨て鐘が三つ、続けて五つ。早く戻って下拵えにかからねば。澪は唇を引き結ぶと、顔を上げた。つる家での昼餉を楽しみにしているお客が居る。待っているひとたちが居る。

背筋を伸ばすと、澪は深く息を吸った。そして勢いよく店へと駆けだした。

「月日の経つのは早いねぇ。先月から端午の節句、端午の節句、と思ってたら、もう済んじまったんだから」

おりょうがつる家の軒端《のきば》の菖蒲《しょうぶ》と蓬《よもぎ》を片付けながら、独りごとを洩らしている。

「美緒さんの祝言まで、今日を入れて四日になっちまった。何だか堪らないよ」

せめて澪ちゃんに美味しい料理を作ってもらわないとねぇ、と大きな吐息をひとつ。開け放った勝手口から、その独りごとが聞こえて、料理人の両の眉を下げさせた。

鰊の昆布巻き、小豆飯《あずきめし》、数の子。この三つは決まっている。残りの献立に迷うばかり。祝言に鯛《たい》と蛤《はまぐり》は欠かせないが、時季外れで味は落ちる。どうしたものか、と悩みながら、澪は米のとぎ汁を桶に溜めた。

身欠き鰊は、米のとぎ汁を毎日新しいものに変えて、じっくりと浸けて戻す。鰊の手によっては六、七日かかることもある。手間はかかるが、一度味を知れば忘れ難い美味しさなのだ。手間暇かけて、とびきりの昆布巻きにしよう。あとの献立もきっと良いものを考えよう。味は落ちても見た目の華やかさで鯛を使うか。無難に鮑《あわび》を使うのか。伊勢屋ほどの大店のひとり娘の祝言なのだ、それなりの料理にしないと。

つる家からの帰り道も、献立のことで頭が一杯で、常ならば芳との会話が弾むはずが、押し黙ったままだった。

「あんまり考え過ぎん方がええのと違うか」

ふいに声をかけられて、澪は、どきりと傍らの芳を見た。天にかかる半分の月が仄《ほの》かな青い光を投げかけ、色白の芳をさらに美しく見せている。

「型どおりでなくとも心に残るお膳を、いうことだすやろ。美緒さんの人柄が皆の心に残るような、お前《ま》はんの寿《ことほ》ぐ気持ちが伝わるような、そんなお膳にしたらええのと違うか」

澪は口の中で小さく、寿ぐ気持ちが伝わるような、と繰り返した。

「想うひととは違うけれど、ご縁で結ばれた相手と手を携《たずさ》えて生きていく。美緒さんはその覚悟を決めはったんや。お前はんが切ないとか哀しいとか思うのは、違うやろなあ」

芳は立ち止まり、空を仰いだ。澪もこれに倣《なら》う。楔《くさび》の形の星の群れが、頭上に霞《かす》む。流れ星がひとつ。長い尾を引いて、暗い天を斜めに駆け抜け、すっと消えた。

「祝言をあげた日ぃやった、嘉兵衛が私のために夜、葛湯《くずゆ》を作ってくれたんだす。優しい味でなぁ。亡《の》うなったあとも度々思い出す」

思い出して、色んなことを乗り越えてきた、と芳はくぐもった声で言い、傍らの娘を見た。

「誰しも婚礼の席では、どうか末長く幸せに、と祈る。けれど人生はそう容易《たやす》うはない。良いことと同じくらい辛いこと、悲しいことが待ちうけてるんや。苦しい時に思い出してもらえるような、そんなお膳を作りなはれ」

暦には「万《よろず》よし」として、四季それぞれに大吉日、またの名を天赦日というのが定められている。夏のこの時季は甲午《こうご》、今年は皐月九日が天赦日にあたるのだ。伊勢屋久兵衛がひとり娘の婚礼をこの日にしたのも、親として子の幸せを心から願えばこそ。その気持ちに応えたい。澪はそう願いつつ、当日は朝から伊勢屋の台所に立った。

祝言は夕刻、饗膳は二十名分。

奥座敷では花嫁の仕度、離れでは久兵衛と爽助とが祝い客の応対に、それぞれ追われている。台所へも手伝いの申し出があったが断って、澪はひとりで料理にかかる。

刻をかけて戻した鰊《にしん》の骨を丁寧に取り除く。これを芯にして昆布で巻き、干瓢で結ぶ。味を入れると昆布は膨らむので、きつく巻いては鰊が窮屈で苦しい。干瓢の帯もきついのは辛い。だからともに緩やかに。ただし、帯が解けないように結び目はしっかりと強く。

手順を重ねるうちに、鰊が花嫁、昆布が花婿のように思えてくる。美緒さんを優しく受け止めて、でも放さずに居てください、と祈るように巻き上げて、干瓢の結び目にぎゅっと力を込める。鍋に並べて、出汁《だし》に酢を加えて柔らかくなるまで煮てから、砂糖、味醂、酒、それに醤油でことことと味を入れる。じっくりと炊き上げたら、そのまま冷まして味を行き渡らせる。

出来あがった昆布巻きを見て、澪は嬉しくなった。昆布が鰊を抱き締めて、艶《つや》やかに輝いていた。

「まあ、見事だこと」

様子を覗きにきた花嫁の母が、華やいだ声を上げる。

鮎《あゆ》の塩焼き、小豆飯。冬瓜《とうがん》の水晶椀、数の子の卯《う》の花和《はなあ》え、とこぶしの旨煮《うまに》。香《こう》の物は茄子と越瓜《しろうり》と青紫蘇《あおじそ》。そして鰊の昆布巻き。小豆飯には胡麻《ごま》塩を添え、持ち帰り用に人数分の胡麻塩を小さな茶筒に入れた。

「お世話さまでした。旦那さまからこれを預かっています」

美緒の母は板敷に両の膝をつくと、懐紙に包んだものを差し出した。

「あとはこちらでしますから。足もとの明るいうちに戻った方が良いでしょう」

お店には改めてお礼に伺いますよ、との言葉を残すと、さっと立ち上がる。

「あの」

呼び止めようとする料理人に気付かず、花嫁の母は忙《せわ》しなく出ていった。せめてひと目だけでも美緒に、と思いかけて、澪はしおしおと首を振る。

美緒は今日の祝言の主役で、自分は饗膳の料理人に過ぎないのだ。会いたい、と願う方がおこがましい。肩を落とし、出番を待つばかりの膳に目をやった。鮎の塩焼きにも、胡麻塩にも、美緒との思い出が宿っている。料理で祝福させてもらえたのだから、と自身に言い聞かせた。

持参した道具を風呂敷に包むと、あとを奉公人に頼んで、勝手口から外へ出た。夕焼けを予感させる日差しが、あたりに満ち始めていた。

とても治まる国なれば
なかなかなれや　君は船

祝言の小謡《こうたい》が朗々と流れる中、澪は店に向かって、深々とお辞儀をする。どうぞお幸せに、と心から祈って、伊勢屋をあとにした。

飯田川沿いを歩きながら、美緒とのこの一年を反芻《はんすう》する。

鮎の腸《わた》が苦い、と怒っていた美緒。

源斉に背負われ、恥じらう美緒。

生まれて初めて料理に挑み、笑顔を見せる美緒。

あなたを嫌いになれれば良いのに、と涙を堪えた美緒。

天衣無縫《てんいむほう》の娘が恋を知り、恋を諦め、羽衣《はごろも》を脱いで大人になっていく。恐れと憧《あこが》れと切なさと寂しさが入り混じって、澪は震えた。皐月とも思われぬ冷たい川風が肌を刺す。

周辺が黄金色に染まるのに気付いて、目を転じると、夕映《ゆうば》えの中に弧を描く俎橋があった。橋も、そこを渡るひとびとの姿も、影絵のようだ。足を止めて、澪は一心に見入った。

美緒と澪、同じ名前を持つ娘ふたりで寄り添うように花嫁御寮を見送った、あの冬の黄昏《たそがれ》時が蘇る。それぞれが、それぞれの想いびとへの恋心に揺れていた、あの夕映えを澪はひとり思い出していた。

夜半、眠れぬまま夜着に包《くる》まっていた澪は、ふっと誰かに呼ばれた気がして、身を起こした。耳を澄ませると、微《かす》かに雨の音がした。

弱く、強く、時に止み、また降りだす。それは思いきりのよい通り雨ではなく、寒中に聞く時雨《しぐれ》の音に聞こえた。迷いながら、躊躇《ためら》いながら、新たな道を選んだ美緒の零す涙のような、小夜《さよ》しぐれだ。

――想うひととは違うけれど、ご縁で結ばれた相手と手を携えて生きていく。美緒さんはその覚悟を決めはったんや

芳の言葉を思い返しながら、澪はずっと雨音に耳を傾けていた。

嘉祥《かじょう》――ひとくち宝珠

御膳奉行《ごぜんぶぎよう》、小野寺数馬《おのでらかずま》は憂《うれ》えていた。

先月来、寝ても覚めても菓子のことばかり考えねばならない。役務柄《がら》、菓子への気配り心配りも忘れぬように、と常日頃《つねひごろ》より心がけてはいる。だが、その実、自身は甘いものを好まない。酒に合わないからだ。ゆえに菓子に関しては甘味《かんみ》好きの同役に任せて、料理の献立の充実を図《はか》ることに努めてきたはずだった。それなのに……。

「何故《なぜ》だ、何故《なぜ》、俺なのだ」

数馬は畳に腹ばいになったまま、呻《うめ》いた。考えるばかりで時が過ぎてしまったが、今日あたり、決着をつけねばならないのだ。

首を捩《ね》じれば、開け放たれた障子から、手入れの行き届いた二百坪ほどの庭が見渡せる。菖蒲《しょうぶ》の群生の紫が美しい。手前には老い梅。風に乗って、熟《う》れた梅の実の甘い香りが運ばれてくる。母の里津《りつ》が果実の芳香を好んで、わざと摘《つ》まずにいるものだ。

だが、今はその香りさえも菓子を連想させて、むかむかする。

数馬はむっくりと身を起こすと、たわわに実る梅を睨《にら》んで、

「切り倒してしまうぞ」

と、怒鳴りつけた。

途端、廊下の方で大きな物音がした。何ごとか、と襖《ふすま》に手をかけ一気に開くと、そこに初老の侍が無様《ぶざま》に腰を抜かしている。小野寺家の用人、多浜重光《たはましげみつ》だった。

「重光、何をしておるのだ」

数馬に名を呼ばれ、男はおたおたと平伏した。余程うろたえたのだろう、尻が持ち上がり、今にもでんぐり返りをしそうになっていた。

「殿さま、平《ひら》に、平にご容赦のほど」

先刻よりそこに身を潜めて、中の様子を窺《うかが》っていたらしい。さては母上に頼まれたのか、と数馬は苦々しい思いで白髪《しらが》頭を見下ろした。

相手が無言なので、重光は恐る恐る顔を上げる。主の冷たい視線にぶつかると、ひゃっと亀のように首を縮めた。その仕草がつる家《や》の店主種市《たねいち》を思い起こさせて、数馬はふっと笑いそうになった。

だが、ここで許してしまえば、里津の命じるまま、身辺を嗅《か》ぎ回るに違いないのだ。

「何用か、重光。用もなく主の部屋を覗《のぞ》いていたと申すのなら、望み通りに斬《き》るがどうか」

重光の誤解を良いことに、少し脅《おど》してやれ、と思う数馬である。憐《あわ》れ老人は青ざめ、お許しくだされませ、とひたすらに身を縮めた。

「もうその辺《あた》りで堪忍してやれ」

奥から声がしたかと思うと、廊下を踏み鳴らして熊ほどの大男が姿を現した。甕覗《かめのぞ》きの帷子《かたびら》に葛布袴《くずふばかま》の涼しげな形《なり》。髪を全《すべ》て剃《そ》っているため、頭部が青々と光る。うっかりすると入道か修験者《しゅげんじゃ》に見誤りそうだ。

「何だ、熊澤熊三郎《くまざわくまさぶろう》か」

「駒澤弥三郎《こまざわやさぶろう》だ。義弟の名前くらいまともに呼んでも罰《ばち》は当たらんぞ」

弥三郎は言って、重光に退くよう目で合図を送った。この男、数馬にとっては竹馬《ちくば》の友で、妹、早帆《さほ》の夫でもあった。公方《くぼう》さまの御身周りの世話をする小納戸《こなんど》役。その中でも食事担当の御膳番という役職にあるため、城内で顔を合わせることも多い。

「今日は何用だ。休みの日までそのむさくるしい面《つら》を見せるな」

義兄の言葉に、相変わらず口の悪い、と弥三郎はわざとらしく眉根《まゆね》を寄せた。

「今日は覚華院《かくけいん》さまの見舞いに参ったのだ。先に挨拶《あいさつ》を済ませたが、腎《じん》の臓がすぐれない、と伺っていたわりにはお元気そうで安心した」

義弟の口から覚華院という名が洩《も》れて、数馬はにやり笑った。久々にその名を聞いた気がする。何せ里津は、夫亡きあとも大奥さま、と呼ばれることを好む猛女だった。

「一昨日から寝所に籠《こも》ったきりだが、母上は少し弱っているくらいが丁度良いのだ。さもないと『嫁を取れ』と煩《うるさ》いのでな」

少しも案じていない風の数馬に、弥三郎は、悪い倅《せがれ》だ、と頰《ほお》を緩《ゆる》める。

「早帆も一緒か？」

数馬は問いながら、両手で大きな腹を作る仕草をしてみせた。早帆は六人目の子を身ごもっており、来月、産み月を迎えるのだ。

「ああ。長居は無用なので俺は帰るが、あれは今夜こちらへ泊めてやってくれ。何せあの出っ張った腹で法眼《ほうげん》坂を往復するのは骨だからな。それと……」

弥三郎は、迷った声でこう付け足した。

「神楽《かぐら》坂に旨《うま》い葛饅頭《くずまんじゆう》を食わせる茶屋がある。すぐそこだ、付き合わんか」

例の話をしたいに違いない。数馬は渋々、頷《うなず》いた。錆青磁《さびせいじ》の生平《きびら》の単衣《ひとえ》が皺《しわ》だらけなのも気にかけず、そのまま出かけようとする主を、重光が追い駆けてきた。見れば両手に袴を掲《かか》げている。

「殿さま、せめて袴をお召しくださいませ。旗本《はたもと》たるもの、家で寛《くつろ》ぐ時であっても袴は脱がぬもの。ご幼少の砌《みぎり》よりお世話申し上げて参りましたが、よもや」

あとの言葉は飲み込んで、老いた用人は懇願の眼差《まなざ》しを弥三郎へ投げた。よもや、と弥三郎がその続きを受け持つ。

「浪士風情《ふぜい》に身をやつし、夜な夜な市中の料理屋をさまよう真似《まね》をしようとは……とまぁ、小野寺家の用人としては心配でならぬのだ。せめて袴くらい穿《は》いてやれ、数馬」

どの口が言うか、と数馬は苦く笑った。

「数馬は屋敷にこもって文献を読みあさるよりも、町へ出て見聞を広めた方が良い。市中の料理屋を探るのもきっと役に立つ――そう勧めたのは誰か。そのために駒澤家の湯島の別邸を『好きに使って良い』と貸したのは誰か」

途端、重光が驚愕《きょうがく》のあまり目を剝《む》く。裏工作が露呈して泡を食った弥三郎、先に行くぞ、と逃げるように廊下を渡っていった。

「嘉祥《かじょう》に出す菓子のことだが」

前置きもなく、弥三郎が話を切り出したのは、牛込《うしごめ》御門を出てすぐのことだった。

「皐月も二十日を過ぎた。そろそろ決めねば間に合わぬのではないのか。材料を仕入れる賄方《まかないかた》も、調理する台所方も、口には出さぬが焦《じ》れに焦れておるぞ」

数馬は立ち止まり、返事の替わりに大きく息を吐いた。

水無月《みなづき》十六日には、大名から小普請《こぶしん》に至るまで登城して、公方さまより菓子を賜《たまわ》る「嘉祥」という儀式が行われる。この日に菓子を食することは、宮中《きゅうちゅう》でも古くから行われていたのだが、武家社会のそれは、三方《みかた》が原《はら》の合戦の際に家康公が羽入八幡にて嘉定銭《かじょう》を拾ったことと、その折りに家臣が菓子を奉納して戦《いくさ》の勝利を祈ったことに由来する儀式だった。

この嘉祥、幕府の威信をかけた行事であるため、とにかく何もかもが桁外《けたはず》れに豪勢なのだ。饅頭《まんじゅう》、羊羹《ようかん》、きんとんなど六種の菓子を杉の葉を敷いた膳に整えて千六十二膳。白団子など他のものも合わせて総数一万四千五百個の菓子を、前夜のうちから総出で大広間二間に並べる。大広間の端から端までびっしりと菓子が並ぶさまは壮観、というよりも恐怖だ。その菓子を納めるのは、御用達《ごようたし》の菓子商たちだった。

さらにこの嘉祥の儀式、御三家ほか津々浦々の諸大名家でも真似られて、六月十六日は、江戸のみならず日本中に菓子が飛び交う一日となるのである。まこと菓子商の陰謀ではないのか、と疑いを抱きたくなるほどの派手な行事であった。

いずれにせよ例年のことであるし、御膳奉行という役務とはあまり関わりがないため、知らぬ顔を決め込んでいた数馬だった。

ところが、若年寄りの中に「全て菓子商任せというのも如何《いかが》なものか」と異議を唱える者が現れた。家康公の二百回神忌に因《ちな》んで今年は何か新しい試《こころ》みを、との意見が出て、新たな菓子一品を城内で作ることになったのだ。しかも、それを考案する役目を、あろうことか御膳奉行の小野寺数馬が仰《おお》せつかってしまったのである。

怪しい風体で出歩いていることが上に知れ、本来ならば厳しく咎《とが》められるところを、弥三郎が上手に立ち回り、「公方さまに珍しい料理を供するため」という大義名分を掲げて赦《ゆる》された。おそらくはその帳尻合《ちょうじりあ》わせなのだろう、と数馬は睨んでいる。

「手がかりくらいは摑《つか》めているのかと思ったのだが、その様子では皆目《かいもく》、見通しも立たぬのだな」

弥三郎は、困った顔で腕を組んだ。

「公方さまのお好きな落雁《らくがん》では駄目なのか」

「駄目だ」

弥三郎の案を、数馬はあっさりと拒《こば》む。

家斉《いえなり》公は、大の落雁好き。将軍自《みずか》ら御好落雁づくりに乗り出し、甘味好きの大奥は狂喜乱舞、裏方は戦々恐々。毎日毎日、夥《おびただ》しい量の砂糖が大奥で消費され、御好落雁を賜るか否《いな》かで愛憎が渦《うず》を巻く。これに翻弄《ほんろう》される家臣らは、口にこそ出さぬが皆辟《へき》易《えき》としていた。嘉祥にまで落雁に煩《わずら》わされるのはあまりに辛い。数馬の心の内を読み取ったのか、弥三郎は、それもそうだな、と腕組みを解《と》いた。

橋上、外濠《そとぼり》から湿度の高い風が吹き上げてくる。梅雨《つゆ》の晴れ間なのはありがたいが、少し歩いただけでじっとりと汗が滲《にじ》む。数馬でさえそうなのだ、巨漢の弥三郎は体中から汗を滴《したた》らせて、薄い色の帷子にしみを作った。

眼下、神楽河岸《がし》には幾艘《そう》もの船が並び、積み荷を下ろす掛け声も威勢が良い。濠は神田川から大川へと繋《つな》がり、安房《あわ》国を始め各地から、野菜や魚や綿や油など、様々なものがこの河岸に運び込まれる。軽子《かるこ》と呼ばれる人足《にんそく》がそれらの荷を受け取って、文字通り軽々と坂の方へ消えていった。

「近頃、身体《からだ》が重くて敵《かな》わんのだ。歳《とし》のせいかのう」

軽子たちの身の軽さを目にしたからか、弥三郎がつくづくと哀《かな》しげに洩らした。何を今さら、と数馬は顎《あご》が外れそうになる。

「身体が重いのは昔からであろう。大体、お主は食い過ぎなのだ。旨いものでもそうでないものでも、何でも喜んで食べるというのは、いつになったら改まるのか」

「何でも不味《まず》そうに食べるよりずっと良い、とお主の妹は褒めてくれるぞ」

澄ましてみせて、弥三郎は先に歩きだした。

目当ての店は、堀端《ほりばた》の通りを横切ってすぐの場所にあった。五十年ほど前までは牡《ぼ》丹《たん》屋敷と呼ばれる雅《みやび》な邸宅があったと聞くが、今はせせこましい店が建ち並ぶばかり。

「ここの葛饅頭が旨いのだ」

葦簾《よしず》張《ば》りの茶屋の床几《しょうぎ》に弥三郎が腰をおろすと、みしみしと床几が鳴った。店主が迷惑そうな顔でこちらを見ている。

「二度ほど床几を潰《つぶ》してしまった」

低い声で数馬にそう囁《ささや》くと、弥三郎は鼻に皺を寄せて笑った。朝、手入れをしただろうに、早くも口の周囲や頬の辺りに髭《ひげ》と思《おぼ》しきものの気配があった。

「相変わらず毛深い奴よのう。非番だからと気を抜いてはならんぞ」

数馬に指摘されて、弥三郎は顔を撫《な》で、済まん、と素直に詫《わ》びた。

互いに公方さまの食に関わる役職にある。献立や調理方法を決めるほか、公方さまの口に入るもの一切に責任を負うのが御膳奉行。御膳を運び、冷めてしまった料理を控《ひか》えの間で温めて小姓《こしょう》に渡す役目を担《にな》うのが、小納戸役御膳番。さらに御膳番は御膳奉行の指示のもと、毒見を行うこともあった。

御膳に髪の毛のひと筋でも混じろうものなら首が飛ぶ。それがため、弥三郎は自ら髪を剃ってしまっていた。小納戸役頭取からは「お城坊主と見分けがつかぬ」と叱責《しっせき》を受けたが、粗相《そそう》があれば頭取はもちろん、数馬にまで累が及ぶ。それを恐れての剃髪《ていはつ》なのだ。

熊のごとき巨体に、青々とした頭。並の女ならその風貌《ふうぼう》だけで逃げ出してしまうだろうが、早帆とは幼い頃から今なお変わらず、相思の仲。男の真価を見誤らなかった妹を、なかなか大したものだ、と思う。

「どうだ、割に旨かろう」

運ばれてきた葛饅頭をひと口で飲み込んで、弥三郎は上機嫌で尋ねる。端を齧《かじ》っただけで葛饅頭を戻すと、数馬は深々と溜め息をついた。

「俺は嘘《うそ》がつけぬのだ」

小豆《あずき》の渋切りがずさんなため、嫌な味が舌を刺す。おまけに安い砂糖を用いているのだろう、うんざりするほどくどい甘さだ。勿体《もったい》ない、と弥三郎は手を伸ばして残りを口に放り込む。にこにこと満足そうに食べる様は相変わらずだ。

「弥三郎、やはりお主の舌は、『旨い』『不味い』の区別がつかぬのだなあ」

半ば感嘆の声を洩らす数馬に、弥三郎は、いやいや、と鷹揚《おうよう》に応える。

「俺は『食える』というのが、もうそれだけで文句なく嬉《うれ》しいのだ。戦がなく、飢饉《ききん》がなく、働けて、健《すこ》やか。諸々《もろもろ》そろえばこそ、食えるのだからな」

「戦も飢《う》えも知らぬはずが、殊勝《しゅしょう》な心がけだな。俺などは、心のこもらぬ料理や気遣《きづか》いのない料理は食わぬ、と決めておるのだ。俺のような客は良い料理人を育てるぞ」

そう言って渋い顔で茶を啜《すす》る数馬に、何の何の、と弥三郎は首を振ってみせる。

「俺のような夫は、女房殿を上機嫌にする。何せ、どのようなものを出されても、怯《ひる》むことなく食べ、旨い旨い、と満足するのだからな」

義弟の言葉に、数馬は飲んでいた茶を噴いた。

思えば母里津に似て、早帆には料理の才がない。それならそれで里津のように端《はな》から料理を全て奉公人に任せれば良いものを、何故か台所に立ちたがるのだ。えぐみの強い里芋の煮付け、悶絶《もんぜつ》しそうに甘い春菊のお浸《ひた》し、岩石のようなかき揚げ。嫁ぐまでの間に早帆が作った料理の数々を思い出して、数馬は義弟の肩を、宥《なだ》めるようにぽんと叩《たた》いた。

「苦労をかけるな。許せよ、弥三郎」

何の何の、と大らかに笑い、弥三郎は茶碗を手に取った。

「そう言えば、縁談がきておったな、義兄上《あにうえ》殿」

「縁談なら年中きておる。どれのことだ？　小普請組の出戻りか、番方の年増《としま》娘？

それとも勘定方の強欲娘か？」

今度は弥三郎が、ぶっと茶を噴いた。

「……年々、壮絶になっておるのだな」

ふん、と数馬は苦そうに茶を飲む。

武士は遅くとも三十四、五歳までに妻《めと》を娶らねばならない、との不文律があるが、小野寺数馬は三十三歳なのだ。これを逃すとあとはないぞ、とばかりに持ち込まれる縁談は、弥三郎の言う通り、壮絶になる一方だった。

「まぁ、こちらも贅沢《ぜいたく》を言える立場にないのだ。直参《じきさん》旗本とは申せ、持高《もちだか》勤め三百俵高、役料二百俵。しがないものよ」

「だが、常は持高二百俵のはずだ。御膳奉行の中でも頭ひとつ抜けておろう」

弥三郎の慰めに、なに、団栗《どんぐり》の背比べよ、と数馬は楽しげに笑う。

「玉の輿《こし》を狙《ねら》う女は、近寄りもせぬわ」

実入りの少なさを嘆くというよりも、嫁の来てがないのが楽しくてならない、という口振りだった。弥三郎は呆《あき》れながら問うた。

「どうなのだ、数馬、本気で嫁を取る気はあるのか」

「義兄上になったり、数馬になったり、忙しいことだ」

数馬は茶碗を床几に戻すと、嫁を取る気はない、ときっぱり答えた。

「俺は女に憧憬《しょうけい》は抱かぬ。何せ母親があれで、妹があれだ。いい加減、猛獣使いは飽いた」

それを聞いて弥三郎、露骨に嫌な顔になる。

「ひとの奥を猛獣扱いするな」

「猛獣以外の何だというのか。侍女たちを連れて女ばかりで亡き父の墓参へ向かう途中、本所《ほんじょ》の御家人《ごけにん》どもに絡まれた折りに、あのふたりが大立ち回りをして難を逃れた、というのは有名な話だ」

女の身で腕《うで》っ節《ぷし》の強いことなど、何の自慢にもならない。悪党の頭《かしら》が里津と早帆に命乞《いのちご》いをした、という噂《うわさ》が面白おかしく広まって、小野寺家の主も家臣も随分と肩身の狭い思いをしたのだ。当時、弥三郎の父は、嫡男《ちゃくなん》と早帆との縁組に乗り気ではなかったため、この一件を盾に一層態度を硬化させたという経緯があった。

もとより御膳奉行よりも小納戸役の方が公方さまに近い分、禄《ろく》も重く、出世の道も拓《ひら》かれている。弥三郎の父にしても、もう少し格上の家から嫁を迎えたい、との考えがあったのだろう。数馬が間に入り、弥三郎の父の気持ちを解《ほぐ》して、漸《よう》や《》く縁組を許されたのだ。

それを思い出したのか、弥三郎は困った表情で咳払《せきばら》いを二、三度。だがしかし、と意を決したように口を開いた。

「嫁を娶らぬとあらば小野寺家はどうなる。代々、御膳奉行を務めた家系が絶えてしまうではないか」

「早帆の子を養子にする」

「俺の子だぞ」

「男ばかり六人だ、けちけちするな。お主に似て毛深いのをひとり、小野寺家へ寄越せ」

懐《ふところ》から銭を取り出すと、床几の上にぽんと置く。そうしてすたすたと歩きだした数馬のことを、弥三郎は慌てて追い駆けた。

「待て、数馬。六人目はまだ出てきておらぬ。男と決めつけるな。早帆からも『もう毛深いのはこりごり』と言われておるのだ」

数馬は振り返りもせず、からからと笑い続けている。

牛込神楽坂は、牛込御門外から酒井若狭守《わかさのかみ》邸まで続く幅広の坂だ。九段坂に似て段々で、同じように勾配《こうばい》がきつい。足の悪い者はこの坂を避け、ひとつ北側の軽子坂を選ぶ。だが、神楽坂は右手に緑深き武家屋敷、左手に町屋が軒《のき》を連《つら》ねる趣《おもむき》のある坂でもあった。

数馬が幼少の頃には閑散とした寂しい坂だった記憶があるのだが、二十年ほど前に毘沙門天《びしゃもん》を祀《まつ》る善國寺《ぜんこくじ》が麴町《こうじまち》からこの地へ移って以来、年々、徐々に賑《にぎ》やかになってきた。坂に面した町屋には食べ物を商《あきな》う店が何軒か、それを覗くのもまた一興。小麦を伸ばした生地の芳《こう》ばしく焼ける匂いが漂い、弥三郎の鼻がくんくんと鳴った。

「数馬、小麦焼きを食わんか。旨そうだぞ」

「葛饅頭を食ったばかりではないか。もう甘いものは要《い》らぬ」

「まあそう言うな。全ては嘉祥のためだ」

弥三郎は言って、先に茶屋へ入ると暖簾《のれん》を捲《めく》ったまま数馬を待った。

「嘉祥のため――お主はすぐそれだ」

数馬は、弥三郎を軽く睨む。

「御用達の大久保主水《もんと》、金沢丹後《たんご》、鈴木越後《えちご》。これら菓子商の菓子を食べ尽くした身にもなれ。その上、お主ときたら、嘉祥のためと申して色々送りつけてきたであろう。

川崎の饅頭、大磯の粟餅《あわもち》、小田原のういろう、府中の砂糖餅……」

指を折って菓子を数えていたらしい弥三郎が、顔を上げた。

「富士吉原の栗の子餅が抜けておる」

やれやれ、と数馬は首を振り、俺の負けだ、と暖簾を潜った。中に入れば、床几ではなく入れ込み座敷になっている。これは、と辺りを見回せば、小麦焼きのほかに焼き餅や心太《ところてん》も商っていた。

「ありがたい、心太がある」

嬉々《きき》として店主に心太を注文する数馬のことを、弥三郎は呆れ顔で眺めた。

「大の男が心太ごときでそう喜ぶな」

ふふん、と数馬は鼻で笑う。

「どうとでも言うが良い。連日連夜、拷問のごとく甘味ばかりを口にしてきた身なのだ。これ以上、俺に甘いものを食わせたら、『暗殺』ならぬ『餡《あん》殺』だぞ」

ほどなく運ばれてきた心太に、酢醤油《すじょうゆ》をたっぷりと回しかける。添えられている箸《はし》は二本。町人は一本箸で器用につるりと食べるが、武家がそれを真似るわけにもいくまい、と店主が気を回したのだろう。

透《す》き通った心太を箸で摘《つま》み、ちゅるんと口に含む。酢の勝った味が舌に心地良い。知らず知らず、目尻にぎゅっと皺が寄った。

「旨そうだな」

数馬の様子を眺めていた弥三郎が、辛抱ならぬ、と店主に心太を頼んだ。

「冷たいものは良いな」

水でしっかりと冷やされた心太は、汗をかいた身体に快《こころよ》いのだろう。瞬《また》く間に平らげて、お代わりを頼むと、空《から》の器を手に弥三郎はうっとりと洩らした。

「温めないで済む、というのが何とも好ましいものよ」

千代田の城の本丸には、御膳所が三か所ある。表御膳所、広敷《ひろしき》御膳所、奥御膳所がそれだ。例えば朝、表御膳所で作られた料理は、毒見を終えると、小納戸役御膳番の手で囲炉裏《いろり》の間に運ばれて、そこで温め直される。昼と夜、公方さまが大奥で過ごされる場合は広敷御膳所で料理をし、奥御膳所で同じように温めて供される。

弥三郎は御膳番となって以来、囲炉裏の間で料理を温め直す役を担っていた。温め終えたものを小姓に渡すのだが、その間合いが難しいのだそうな。

「ずっと夏で、冷たいものだけ、というのが良いのだがなあ」

弥三郎は吐息をついた。周囲を素早く見回して、ひと気のないことを確かめると、声を落としてこう続ける。

「公方さまはお気の毒だ、毒見で散々に食べ散らされた、しかも冷めた料理しか召し上がれない――と、未《いま》だにそう信じて疑わぬものが、千代田の城の中にさえ居るのだ。

毎度毎度、囲炉裏端で料理を温め直す身にもなれ、と弥三郎は深々と溜《た》め息《いき》をついた。ままあ、と数馬は義弟を慰める。

「俺とて未だに、ただの毒見役と思われておるぞ。だが、料理に関することは年々、小納戸役へ任せることが多くなった。数十年ののちには、御膳奉行の役目は全て小納戸役が務めることになるのではないか」

「いや、それはそれで困る」

困るのだ、と弥三郎は眼を剝いてみせた。

「公方さまの食の全てに責めを負う立場、というのは荷が重過ぎる。それならまだ、囲炉裏端でものを温め直す役の方が良い」

店主がお代わりを運んできたため、ふたりの会話はそこで断ち切られた。弥三郎が二杯目の心太を切なそうに啜る間も、数馬は嘉祥の菓子のことを考えていたが、やはり何も思い浮かばなかった。

表へ出ると、陽《ひ》は既《すで》に傾きつつあった。

何となく引き返し難《がた》く、数馬は先を行く。穴八幡《あなはちまん》の御旅所《おたびしょ》を左手にやり過ごし、坂を上へ上へとのぼり続ける。弥三郎はあとを歩きながら、息も切れ切れになっていた。

「神楽坂、と言えば、眞崎屋の、まさご餅。それに池田屋の、団子も、忘れては、ならぬのだ」

「食いたければ勝手に食え、俺は知らぬ」

義弟の食欲に半ば呆れて、数馬は後ろを振り返った。坂の勾配が相当応《こた》えているらしく、弥三郎は大汗をかき、吐く息も荒い。

「大した距離を歩いたわけでもあるまいに。弥三郎、お主はやはり食い過ぎるのだ」

先の店で結局、小麦焼きを三人前、心太を五人前食べた弥三郎であった。

「違う、歳のせいだ。三十三、という、歳が悪い」

なかなか事実を認めない朋友《ほうゆう》に呆れて、数馬は肩を竦《すく》める。

すぐ先に、善國寺の毘沙門堂が見えてきた。

「毘沙門さままでも拝んでいくか」

善國寺は徳川家康公開基の寺。家康公つながりで、嘉祥とも縁があろう。数馬がそう提案すると、弥三郎は、ぜえはあ、と息を吐きながら頷いてみせた。

毘沙門堂は濃い緑の中にある。ご縁日の寅《とら》の日ではなかったためか、また、夕暮れが近いせいか、境内《けいだい》に他の参拝客の姿はなかった。御参りを済ませ、本堂の階段に腰をおろして、ふたりの中年はほっと憩《いこ》う。湿った風が火照《ほて》った肌には好ましい。

「数馬は見かけによらず、神信心に熱心だな」

弥三郎の言葉に、そうでもない、と数馬は首を横に振る。

縁日に必ず何処《どこ》か定まった神社仏閣へ参る、ということはしない。ただ、隠れ家代《が》わりに使っている駒澤家別邸近くに、化け物稲荷《いなり》という倹《つま》しい稲荷社があり、そこに縁あって通う程度だ。

「毘沙門さまは、良い顔をしておられるな」

本堂を振り返りながら、数馬は言った。

「俺は慈愛の表情よりも、憤怒《ふんぬ》の顔の方が好きなのだ。誰かに似ていると思うてな」

誰かに？　と繰り返して、弥三郎は首を捻《ひね》る。数馬はにやにやと笑ってみせる。

「わからぬのか。手には矛《ほこ》、眉をつり上げ、目を剝いて……」

言われて、暫《しば》し考え込んだ弥三郎、やがて思い至ったらしく、はたと手を打った。

「早帆か。早帆だな。なるほど確かに、我が奥の憤怒の顔たるや凄《すさ》まじい」

義弟の答えに、数馬は驚いて双眸《そうぼう》を剝いた。

「違う、我が母だ、早帆の母親の方だ」

なに、義母上、と言ったきり、弥三郎は絶句する。ふたりは顔を見合わせ、わっと朗笑《ろうしょう》した。階下に寝そべっていた猫が、罰当《ばちあ》たりなふたりの笑い声に驚いて、全身の毛を逆立てた。

善國寺を出ると、西の空が焼け始めていた。気がつけば、神楽坂を行き交《か》うひとの数が著《いちじる》しく増えている。それも、男ばかりだ。どの顔もわくわくと高揚しているように見えた。

背後から、弥三郎が数馬に声をかける。

「肴町《さかなまち》に一軒、気になる菓子店があるのだが、行って……」

言いさして、弥三郎は口を噤《つぐ》んだ。

ふたりの傍《かたわ》らを若い男が通り過ぎたのだが、湯に行った帰りか、糠《ぬか》の柔らかい香りをさせていた。ははん、と数馬は気付く。若い男が湯へ行って、身体を磨いて赴《おもむ》くところと言えば、ひとつしかない。

神楽坂はこれより先、寺社地ばかりが目立つ。坂を挟んで斜め前には行元寺《ぎょうがんじ》。このまま坂をのぼり、酒井邸の少し手前で北へ折れれば、赤城明神社《あかぎみょうじん》。実は、ともに門前には遊女を抱える岡場所《おかばしょ》があった。赤城明神社の方は割高だが綺麗《きれい》どころを揃《そろ》え、行元寺の方はそこそこ安価で遊べる、と知られている。

「……いや、やはり止《よ》しておこう」

弥三郎は言うと、数馬の返事も待たずにすたすたと坂をくだり始めた。這々《ほうほう》の体《てい》で逃げるのに近い。

「おい、弥三郎。肴町で笠を買うぞ。顔を隠し、昔のように軽く遊んで参ろう」

からかって声をかける数馬を、弥三郎は怖《おそ》ろしい形相《ぎょうそう》で振り返った。

「冗談にもさような話はするな。岡場所の傍《そば》を通っただけでも、早帆は機嫌を損《そこ》なうのだ」

弥三郎の言葉に、そういえば、と数馬は十五年ばかり昔のことを思い出す。それぞれの父親が未だ健在で、ふたりとも気楽な身の上ゆえ、剣術仲間らとともに湯島の岡場所へ遊びに行ったことがある。ひょんなことからそれが露見し、弥三郎は、齢《よわい》十五だった早帆に屋敷内の池へ突き落とされたのだ。

ふたりが祝言をあげてからも、数馬はちょくちょく義弟をそうした悪所へ誘ったが、その度《たび》に憐れ弥三郎は水責めの刑に処せられた。よもや妹がそれほど嫉妬《しっと》深いとは、と感心する。

「まあ、その結果の子沢山《こだくさん》よのう、弥三郎」

数馬が笑いながら揶揄《やゆ》すると、弥三郎は、黙れ黙れ、と怒鳴りながら坂をくだっていく。

岡場所通いの客を見込んで、神楽坂に屋台見世《みせ》が並び始めた。中には女郎への手土産《てみやげ》にするのか、菓子見世も混ざる。ひとつひとつ、丹念に覗いて見るのだが、きんつばや団子、飴《あめ》など、目新しさに欠けるものばかりだった。

長い散歩を終えて牛込御門まで戻った時には、すでに周囲は薄暗くなり始めていた。外濠《そとぼり》沿いを南へ二町半（約二七〇メートル）ほど歩き、左へ折れれば小野寺の屋敷はすぐだ。

「今、重光に言って提灯《ちょうちん》を用意させる」

そのまま帰ろうとする弥三郎を待たせて、数馬は一旦《いったん》屋敷へ入ると、すぐに戻った。その手に提灯がふたつ握られているのを見て、弥三郎はおや、と数馬を見る。ひとつを渡しながら、数馬はぼそりと言った。

「気が焦《あせ》るばかりで、考えがまとまらんのだ。悪いが今暫《しば》し付き合え」

弥三郎は、よし、と短く応えて、そのまま蛙原へと足を向けた。自然、歩みは遅くなる。そう言えば、と弥三郎が立ち止まった。

「御前菓子秘伝抄、とかいう書があったな」

ああ、と数馬も足を止めて頷く。

享保三年（一七一八年）に世に出た、「古今名物御前菓子秘伝抄」。数馬の知る限り、菓子製法の書としては初めてのものだった。

「料理書の中には頭で考えただけで実際に作っていないものも多いのだが、あれは実に良い書だ。参考にもなる。ただ……」

「ただ、何だ？」

弥三郎に問われて、数馬は頭《かぶり》を振ってみせる。

「菓子の名が、妙なのだ。『餡のまるまる』だの『草のつみつみ』だの。『こいただき』だの『けさいな餅』だの、どうにも気に入らぬ」

口にするものを美味《おい》しい、と思うか否《いな》かは、色々な条件にかかっている。味や温度や食感といったものに重きを置くのは当然なのだが、どれほど美味しく出来たとしても、響きの悪い名を付けたのでは、料理自体が台無しになってしまう。菓子もまたしかり。名付けはとても大事なのだ。

「ふうむ」

数馬の説明を聞いて、弥三郎は唸《うな》った。

「あの書の中から何か一品、と思ったのだが、それでは駄目なのだなあ」

気落ちした足取りで、ふたりは裏四番町、表四番町を右手にやり過ごした。日も落ちたというのに、角の道場から竹刀《しない》の交わる音が響いている。

「奥医師に永田《ながた》陶斉《とうさい》、というのが居るであろう」

思い出したように弥三郎が言う。

「二十名ほど居る奥医師の中で、俺は陶斉が最も優秀で信頼出来ると思っておるのだ」

「ああ、俺もそうだ」

数馬は、深く頷いた。

御膳奉行にしろ、小納戸役御膳番にしろ、奥医師との関わりは深い。御膳奉行は献立を考える段階で奥医師に伺いを立てることを倣《なら》いとする。片や、御膳番は下げられた御膳を見て、何がどれだけ残されていたかを奥医師に報告せねばならない。いずれも、奥医師が公方さまの健康状態や体調を管理するために欠かせないことなのだ。

奥医師には、選《え》りすぐりの精鋭が着任する。とりわけ名高いのが、永田陶斉だった。数馬も弥三郎も、出来る限り陶斉の指示を仰《あお》ぐことを望んだし、陶斉もこれに誠実に応じた。

「奥医師は公方さまのお脈を取らせて頂くがゆえに、決して外の病人は診《み》ない。この建て前を強硬に通す者も多いが、陶斉は往来で倒れた急病人を診ることにも迷いがない。まことの医師とはあのような人物を言うのだ」

数馬が言うと、弥三郎も大きく頷いた。

「俺もまさにそう思う。陶斉の次男は町医だが、父親譲りの腕と人望と聞く。ゆくゆくは長男より早く、奥医師として迎えられるのではないか。一度、御医師部屋で会《お》うたことがあるが、なかなかの美丈夫《びじょうふ》であったぞ」

ほれ、お主も会うたであろう、と弥三郎に同意を求められたが、数馬は思い出すことが出来ずに首を捻った。

「陶斉の倅のことなど、全く興味がない。問題は菓子なのだから」

そう、それよ、と弥三郎は話が逸《そ》れたことに漸《ようや》く気付いた様子だ。

「数馬、お主、これまで菓子のことで陶斉から、何か指示されたことはなかったか」

思いがけない問いかけに、数馬は考え込む。

「指示というか……。大奥では砂糖を使い過ぎる、砂糖の取り過ぎは良くない、と。しかし、そもそも嘉祥は菓子を振る舞う行事なのだ。砂糖を使うより他《ほか》あるまいて」

だが、確かにその辺りに何かが潜んでいそうだった。

「砂糖よりも身体への負担の少ないものを、ということか。それとも、食することで身体を健やかにするものを、ということなのか」

弥三郎がそこに居ることも忘れて、数馬は立ち止まって思案に暮れる。

やあっ

とうっ

目の前の道場から響く掛け声と竹刀の音が、一層激しい。

数馬はふっと視線を道場から左へと転じた。この通りを真《ま》っ直《す》ぐ行けば、九段坂に辿《たど》り着く。九段坂下には、気に入っている料理屋があった。そこには駒繋《こまつな》ぎに似た娘がいる。

——小松原《こまつばら》さま

数馬を呼ぶ声が、耳に聞こえる。下がった眉と、丸い瞳が脳裡《のうり》に蘇《よみがえ》る。

——煎《い》り豆です

好きな菓子を問えば、口もとを綻《ほころ》ばせ、何とも幸せそうに答えた、その愛らしい表情を思い返す。

「……煎り豆か」

数馬は低く呻《うめ》いた。

「煎り豆？」

弥三郎は不思議そうに問い返す。

そうだ、煎り豆だ。

「弥三郎、済まんがこれにて失敬する」

言い捨てるなり、数馬は踵《きびす》を返して走りだした。


「何やら良い匂《にお》いがすると思えば」

台所を覗いて、早帆が軽く目を見張る。

皆が寝静まった深夜、小野寺家の当主が台所の板敷で、煎り鍋と戯《たわむ》れているのだ。

「早帆か、母上はどんな様子だ」

「よく休まれておいでございます」

早帆は答えて、台所に入ってきた。

「いかがなされたのです、兄上」

「見ればわかるだろう。豆を煎っておるのだ」

数馬は、七輪の鍋から目を離さずに応えた。

屋敷に戻るなり部屋へこもり、あれこれと資料にあたった。漸く「これ」と思うものを見つけて、これから試作に入るところである。

首を傾《かし》げながら、早帆は兄の傍らへ両膝をつくと、煎り鍋の中を覗いた。ひと粒ひと粒、丁寧に選《よ》った大豆《だいず》がじわじわと煎られている。

どれ、と早帆が手を伸ばして、こんがりと煎られた豆をひと粒、摘み取ろうとした。

「気を付けろ、火傷《やけど》するぞ」

「大丈夫。母上に似て手の皮は厚いのです」

確かに、と数馬は頷いた。

「ふたりとも面《つら》の皮まで厚いからな。熱っ！」

「あら、兄上。いかがなされました？」

熱した豆を数馬の手の甲にわざと落としておいて、早帆は、くすくすと笑っている。

どうにも早帆と居ると、常と調子が狂う。数馬はむっとした顔で妹を睨んだ。

「殿さま、それにお姫《ひぃ》さままで」

声の方を見れば、重光が廊下に跪《ひざまず》いて中の様子を窺《うかが》っていた。

「かような刻限に、一体何をなさっておいでなのです」

「重光、いい加減、『お姫さま』は止せ。もう三十で六人の倅持ちなのだ。さような優しく上品な呼び名は勿体ない」

まっ、と早帆はむくれて、大きな腹を撫でた。

「六人めはまだお腹《なか》の中、男かどうかわかりませぬ。意地悪な伯父上《おじうえ》だこと。無事に生まれたら、伯父上の口を捻《ひね》っておあげなさい」

早帆は言い聞かせるように、丸い腹を撫で続けている。

数馬は忌々《いまいま》しげに舌打ちすると、重光に、

「下がって休むが良い。ついでに老けた姫さまも一緒に連れて参れ」

と、命じた。

「良い。重光、先にお下がりなされ。私はまだ暫く、こちらに居りますゆえ」

早帆は言って、鍋の中から煎り豆をひょいひょいと摘んで口に入れた。

煎った大豆の薄皮は、剝《は》がすのに随分と骨が折れる。粗熱《あらねつ》が取れたら布巾《ふきん》に包んで擦《す》り合わせ、擂粉木《すりこぎ》で叩いて砕き、団扇《うちわ》で扇《あお》いで、と手を替え品を替えて、細かな薄皮まで取り除いてしまう。

数馬が黙々と作業するのを暫く眺めていた早帆だが、石臼《いしうす》が用意されたのを見て、瞳を輝かせた。

「兄上、きな粉を作るのですね。豆を落とすのをお手伝いいたします」

「臼を回す方を手伝っても罰は当たらぬぞ」

挽木《ひきぎ》に手をかけて、数馬が意地悪く言うと、

「お腹の子が驚いて、ここで生まれてしまっても良いのであれば、そういたしましょう」

と、澄ました顔で応えた。

石臼の窪《くぼ》みに置いた豆を、塩梅《あんばい》よく物入れの穴へ落とす。それが挽かれ、粉になって臼の周囲に落ちる。挽く力が強すぎては臼が熱を持ち、味の悪いきな粉になる。力加減も難しく、臼挽きはなかなかに骨の折れる作業だ。

「兄上、料理人を娶るおつもりなのですか？」

頃合いを見計らっていたのか、豆を落としながら、早帆はそう問いかけた。数馬は臼を回す手を止めずに、妹を見た。

早帆は、返事など期待していない風を装《よそお》いながら、伏し目がちに物入れの穴を覗いている。だが、おそらくは息詰まる思いで問うているのだろう。

はて、料理人とは、と数馬は考え込んだ。

「台所方にも賄方にも女は居らぬ。また、同役同士の縁組は許されぬ。さようなこと、弥三郎の妻であるお前が知らぬはずがないではないか」

「そうではございませぬ」

苛立《いらだ》った声を上げて、早帆は兄を睨んだ。

「元飯田町《もといいだまち》の料理屋で働いている、町娘のことです」

何と、と内心、数馬は驚いた。だが、そうした感情を表に出さないことに慣れていた。石臼を挽く手を止めない兄の腕を、早帆はぎゅっと押さえつける。

「兄上はご存じないのですか？　母上は随分と気に病まれて、その『つる家』とかいう店へ、娘に会いに行かれたのですよ」

「何」

さすがに数馬は目を剝いた。

「それはまことか」

相手が妊婦なのも忘れて、つい、その腕を手荒く摑んでしまった数馬である。

「まことなのか、答えよ、早帆」

「兄上、早帆は腕が痛《いと》うございます」

早帆は自分の腕を摑んでいる数馬の手首を握ると、鮮やかに捩《ね》じりあげた。呻き声を上げて、兄は恨めしそうに妹を睨む。

「母上といい、お前といい、女にしておくには惜しい技の持ち主よ」

兄の言葉が面白いのか、早帆は固い表情を解いて、笑い声を上げた。数馬は渋い顔で、また石臼を挽き始めた。早帆は笑いながら、落ちたきな粉を刷毛《はけ》で掃き寄せる。

「私も今日、母上から伺ったばかりです。昨年の、確か神無月《かんなづき》の頃。母上の腎の臓の病が思わしくなく、騒ぎになったことがございましょう」

数馬は、黙って頷いてみせた。あの頃の里津は浮腫《むく》みが酷《ひど》く、随分と辛そうだった。地膚子《じふし》という薬を続けることで、何とか持ち直したのだ。地膚子、と口の中で呟いて、数馬は澪《みお》からほうき草の実を渡されたことを思い出した。あれは、もしや……。

早帆は、きな粉をまとめると、鉢に移しながら続ける。

「店を訪ねて、娘と話をされたそうです。母上は事細《ことこま》かには教えてくださらないのですが。ただ、娘のひととなりを随分と褒めておいででした。母上がひとを褒めることなど、滅多にございませぬゆえ、驚きました」

うっすらと、その日にあったことが見えた気がした。苦心に苦心を重ねて、ほうき草の実を食材に変えた娘のことを、その真価を、里津は見抜いたのだろう。

「あの偏屈な猛獣の気に召したのか、大したものよ」

数馬は言い、ほのぼのと笑った。

そんな兄の様子を、おや、と意外そうに妹は眺める。

「兄上がそのように優しい目をなさるとは」

「人聞きの悪い。俺ほど優しい男はおるまい」

数馬はわざと、唇を捻《ね》じ曲げて怒った顔を作る。早帆はやれやれ、とばかりに数馬を睨んだ。

「お隠しになられても、にやけておいでのこと、妹は見通してございますよ」

軽く首を振ってみせ、早帆は大きく張り出した腹を撫でた。

「小野寺家の跡取りのことなら、何の心配も要りませぬ。兄上、いっそのこと刀を捨てて、その娘と一緒になられてはいかがでございますか」

一体何を言いだすのか、と数馬はぽかんと妹を見た。早帆は早帆で兄ににじり寄り、上《うわ》ずった声を出す。

「兄上とその娘とで料理屋でもされてはいかが？　存外、町人の方が兄上にはお似合いか、と早帆は思いますゆえ」

軽口を叩く風を装いながら、その実、双眸には怯《おび》えと恐れとが宿っている。思えば早帆は幼い頃より、心底恐れていることに冗談の衣《ころも》を着せて、相手に投げかける癖があった。数馬は妹の瞳を覗きながら、良い歳をして昔とちっとも変わっておらんなと思い、ほろり笑った。

「馬鹿を言うな。俺は町人になるつもりは毛頭ない」

子供の頃を思い出して、数馬は妹の額を、人差し指でちょんと突く。

「生来《せいらい》が怠《なま》け者なのだ、俺は。定まった禄もなく、汗水流して働くのは性《しょう》に合わぬわ。その点、武士は良い。それなりに厄介なことも多いが、先祖の手柄でのちのちの子孫に至るまで安穏《あんのん》に過ごせるのだからな」

はあ、と早帆は大きくひとつ、息を吐いた。

「そうやって、わざとひとが呆れるような戯言《ざれごと》で目くらましをして、決して本音《ほんね》を申されぬあたり、兄上は昔からちっともお変わりありませぬ」

さも呆れた、という口振りではあるが、数馬には早帆が安堵《あんど》しているのがわかった。

兄は黙って石臼で煎り豆を挽き続け、妹は妹で零《こぼ》れ落ちたきな粉を掃き集める。歳を重ねた兄妹がそうした刻《とき》を過ごすのは、何とも好ましいものだった。

静かな夜で、石臼の擦れ合う音と、刷毛を使う音だけが広い台所に響いている。あとは、きな粉の芳《こう》ばしい香り。

もしも。

数馬の心に仮の物語が構築されていく。

もしも……もしも刀を捨て、一介の料理人となるならば、果たしてどのような人生か。

葱《ねぎ》、韮《にら》、らっきょう、莢豌豆《さやえんどう》。あらめ、若布《わかめ》、ひじき。小鰭《こはだ》、鮗《このしろ》、秋刀魚《さんま》、鰯《いわし》、鮪《まぐろ》、河豚《ふぐ》、泥鰌《どじょう》に干物類。牡蠣《かき》、浅蜊《あさり》、赤貝。瓜、桃、林檎《りんご》……等々。公方さまに禁忌《きんき》とされている、これらの食材を存分に使って献立を考えられるのだ。天麩羅《てんぷら》も咎《とが》められない。油揚げ、納豆もまたしかり。考えただけで胸が躍《おど》る。

旨い酒に合う、旨い肴。大きな店でなくとも良い。入れ込み座敷に、小部屋が二つ三つ。そう、つる家のような。そう夢想した途端、両の眉の下がった娘の笑顔が、胸一杯に広がった。

――小松原さま

石臼を挽く手が、ふいに止まった。

馬鹿な、と心の中で舌打ちをする。早帆の提案が刷り込まれてしまっていることに、腹立たしささえ感じた。

石臼が止まったことで、早帆がおや、と兄を見る。

「どれくらい溜まったか？」

胸の内を読まれぬよう平らな声で妹に問い、その手の中の鉢を覗く振りをした。

「これほどになりました」

早帆の差し出す木鉢には、八分目ほどのきな粉が入っていた。

もう少し要る、と数馬はまた大豆を挽き始める。兄の手もとをじっと見守っていた早帆が、やはり平らな声で尋ねた。

「幾つなのでございますか？　その娘は」

数馬は答えない。

早帆の表情から、兄のことを手ごわい、と思っていることが察せられる。

「……十八、九ですか？」

それとも、と早帆は眉を顰《ひそ》める。

「……十六、七？」

徐々に声は低くなり、身体は後ろへ引いていく。

「まさか、十四、五？」

数馬の返答がないことで、早帆は早合点《はやがてん》して、鉢を脇に置くと兄に迫った。

「なりませぬ。兄上、それはなりませぬ。さほどに歳が離れては、夫婦というより父娘。身分の差がどうこう以前に、ひととして赦《ゆる》されませぬ」

数馬はとうとう耐えきれずに口を開いた。

「いい加減にいたせ。二十一だ、俺より一回り下なだけだ」

何と、と早帆は目を見張る。

「二十一？　大年増ではありませぬか」

「そこまで申さずとも」

いいえ、二十一は大年増でございます、と早帆は鼻息荒く捲《まく》し立てる。

「それで眉も剃らず、鉄漿《おはぐろ》もせず、生まれたままの面《おもて》で居るのですか？」

たとえ嫁にいかずとも、十九を過ぎればひと目を気にして、鉄漿くらいはするものだ、と言いさして、早帆はふっと黙った。

先ほどから数馬が俯《うつむ》いて肩を揺らしている。それに気付いて、早帆は口を尖らせた。

「ひとがこれほど案じておりますのに。兄上、一体何が可笑《おか》しいのでしょう？」

よもや、眉を落とし、鉄漿をした澪を思い浮かべて可笑しくて堪らなくなった、とは答えられない。

早帆は不貞腐《ふてくさ》れたまま、暫く兄の笑いが収まるのを待った。やがて、好奇心に負けたように、

「一体、どのような娘なのでしょう」

と、問いかけた。

笑い過ぎて痛くなった腹を押さえていた数馬だが、その問いに顔を上げて、ふっと思案顔になった。

「花にたとえれば駒繋ぎ。食にたとえるなら」

数馬は煎り豆をひと粒、手に載せるとそれを早帆に示した。

「さよう、この煎り豆よ」

兄の言う意味がわからず、早帆は眉根を寄せて、しげしげと煎り豆を眺めている。

「素朴で地味。華やかさとは無縁だが、滋養に溢《あふ》れている。やたらとひとに懐かしがられ、好まれる。そんな娘なのだ」

その声に密《ひそ》やかな愛情が滲《にじ》むのを、数馬自身、気付いていない。早帆は複雑な表情で、兄の掌の煎り豆を見つめた。

「あれは根っからの料理人なのだ。あれと俺の人生が、母上やお前の案じるような形で交わることなどあるまいて。要らぬ心配をいたすな」

断ち切る口調で告げると、さあ、そろそろ調理に入るぞ、と数馬は板敷から立ち上がった。

分けたきな粉に水飴を、加減を見ながら混ぜ込んでいく。食材同士の馴染みが思わしくなく、相当に力が要る。苦労する数馬の手もとを、早帆は興味深そうに覗いている。

「兄上、それは?」

「御前菓子秘伝抄の中に『豆飴』というのがあってな。きな粉を水飴で練り固めて、州浜《すはま》形に整えるのだが。とりあえず味をみてくれ」

練り上げてまとめたものを千切《ちぎ》り、早帆に渡し、自分の口にも含んだ。ゆっくりと嚙んで、兄妹は顔を見合わせる。嚙んでも嚙みきれず、口の中で潰れるばかりだ。

「……間違いなく、きな粉と水飴です」

「確かに。さほどの美味《おい》しさはないな」

煎った大豆の芳ばしさはあるが、いかんせん、水飴が多すぎた。水飴は湯で溶き、さらに甘みは控えめの砂糖で補うか。だが、それだけでは、歯触り、舌触りが物足りぬ。さて、どうするか。

数馬は腕を組んで、じっと考え込む。ふと、家斉公の御好落雁を思った。砂糖に米粉を加え、木型に押して作る打ち菓子。加える米粉が落雁の味を大きく左右するのだ。もしや、米の粉と合わせれば、新たな食感が得られるのではないか。米粉の中でも、餅を薄く伸ばして焼き、細かに砕いた微塵《みじんこ》粉を使うのはどうだろう。

米粉なら色々と取り揃えてあるはず。そう思って棚を探ると、上新粉の壺《つぼ》と並んで残っていた。

「早帆、手伝え。砂糖を擂り鉢で擂って細かくするのだ」

早帆に擂り鉢を渡すと、自身は微塵粉を篩《ふるい》にかける。鉢の中で、きな粉や砂糖と混ぜ、それをさらに篩にかけて、食材の粒の大きさを揃える。そうして、湯で溶いた水飴を加えて練っていく。耳たぶほどの柔らかさに仕上げた生地を、千切って口に含む。配合を変えて、幾度も同じ工程を繰り返す。漸《ようや》く、これなら、と思える味に仕上がった。早速と味をみた早帆も、満足そうに頷いている。

「あとは形だな。どうするか……」

「うねうねした州浜形にするのではないのですか？　兄上」

「それでは芸がなかろう」

数馬は生地を千切り取ると、掌でまるまると丸めてみた。少し大きいな、と親指の頭ほどにして丸め直す。掌でころんころんと揺すりながら、数馬はなおも考え込む。

「ただ丸いのもつまらんな」

親指と人差し指、それに中指で生地をちょいと摘んで、尖らせた。形を変えただけで、菓子に表情が生まれた。

はて、何かに似ている。

橋の欄干に載る擬宝珠《ぎぼし》か、地蔵が手に持つ宝珠《ほうじゅ》か。掌を目の高さに掲げて、じっと眺める。その頬が柔らかに緩んだ。

とほほ、と両の眉を下げる娘の顔が、丸い菓子に重なった。

「あら、可愛《かわい》らしい形」

脇から覗き見て、早帆が微笑《ほほえ》んだ。

「ついでに化粧もしてやるか」

数馬は言って、早帆に揺らせた砂糖を菓子にまぶす。砂糖の白粉《おしろい》をはたかれて、宝珠の形の菓子は恥じらっているように見えた。

菓子を慈《いつく》しむような眼差しで眺める兄の姿に、早帆は、

「これまで随分、兄上が料理される姿を拝見して参りましたが、そのように楽しそうなご様子は初めてです」

と、溜め息混じりに呟いた。

だが、数馬は妹の独り言に気を留めることもなく、どうすればもっとこの菓子を美味しそうに見せられるか、と考え込んでいた。

今ひとつ、抹茶を混ぜたものも作ってはどうか。色違い、味違いでふたつをひと組にしてはどうだろうか。

「兄上、早帆はそろそろ休ませて頂きます」

早帆からそう声をかけられて、数馬は、

「おお、そうした方が良い。腹を冷やさぬようにな」

と答えながらも、抹茶を生地に混ぜる手を止めない。調理に夢中の兄の背に、早帆は低い声で囁いた。

「兄上、私、何とかして道を探してみます。弥三郎さまと私を添わせてくださった兄上のために、何とか……」

だが、早帆の決意の囁きは、数馬の耳には届いていない。

早帆が静かに去ったあとも、数馬は熱心に菓子を作り続けた。そうして出来あがったものを薄紙に包んで、一旦、朱塗りの折敷《おしき》に置いた。

手を濯《すす》ぎ、改めて板敷に座って居住まいを正すと、数馬は薄紙の包みを解いた。中にひとくち大の宝珠型の菓子がふたつ。ひとつは黄、ひとつは緑。ともに砂糖の白粉をはたかれて、澄ましながら寄り添う。

手に取って眺めると、数馬はひとつ、口に含んでみた。嚙み締めると、しっとりと味わい深く解《ほぐ》れて溶けていく。表面の砂糖の甘さは一瞬だけ。あとは大豆の芳ばしさと水飴の優しい甘さが舌のみでなく、心にまで沁《し》みとおる。

「ひとくち宝珠、か」

菓子の名はそれ以外にないだろう。

好きな菓子を問われ、煎り豆と答えた娘。
その娘の下がった眉を想いながら、数馬はゆっくりとひとくち宝珠を味わった。

巻末付録

澪の料理帖

浅蜊《あさり》の御神酒《おみき》蒸し

材料（4人分）
浅蜊（殻付き）……500g程度
鷹の爪……1本
生姜……一片（15g程度）
胡麻油……大さじ1
酒……180cc

ひとこと
浅蜊はあらかじめ砂出ししてあるものを使えば簡単です。火を入れ過ぎて身が固くならないように気をつけてくださいね。汁を吸ってみて、物足りないようならお好みでお塩かお醬油《しょうゆ》を少し足しましょう。

下ごしらえ
＊浅蜊はしっかり砂出しし、殻と殻を擦《こす》り合わせるようにして洗っておきます。
＊鷹《たか》の爪《つめ》は種を取って小口切り。
＊生姜《しょうが》はみじん切りに。

作りかた
1　熱した鍋《なべ》に胡麻《ごま》油を入れ、生姜と鷹の爪を入れて香りを油に移すように炒《いた》めます。
2　1に浅蜊を加え、軽く炒めます。
3　2にお酒を入れて蓋《ふた》をします。浅蜊の口が開いたら出来上がり。

菜の花飯

材料（4人分）
菜の花……ひと束（200g程度）
米……2カップ
昆布……20g
水……6カップ
塩……小さじ3
酒……大さじ3

下ごしらえ

＊昆布出汁《だし》を作ります。水6カップに対し、昆布20gを浸《つ》けて3時間以上おき、火にかけたら沸騰する前に昆布を取り出します。

＊右の昆布出汁に塩を入れ、よく溶かしてから充分に冷ましておきます。（A）

＊菜の花は綺麗《きれい》に洗って、固い軸や余分な葉を取り、2cmの長さに切りそろえておきます。

＊米はといで笊《ざる》に上げ、水を切っておきましょう。

作りかた

1　洗い米にAをカップ2杯。ついでお酒を加えて、ご飯を炊《た》き始めます。

2　菜の花は、分量外の塩でさっと塩茹《ゆ》でし、水に放って色を止め、ぎゅっときつく絞ってから、1で用いたAの残りに浸けて味を入れましょう。

3　1のご飯が炊き上がったら、2の菜の花を絞ってから上に散らせて、20分ほど蒸らして完成です。

ひとこと

菜の花をご飯と一緒に炊き込むと、せっかくの色が褪《あ》せてしまいます。ひと手間かけることで、色鮮やかで美味《おい》しく仕上がります。菜の花を多めに用意して、右の2の手順まで一緒に行い、最後に溶き芥子《からし》で和《あ》えればもう一品になります。お試しくださいませ。

鰊《にしん》の昆布巻き

材料（8個分）
身欠き鰊
（本干し）……4～5枚
日高昆布
（18㎝ほどにカット）……8枚
水……10カップ
干瓢……適宜
酢……30cc
砂糖（三温糖）……100g
酒……150cc
味醂……80cc
醤油……100cc

下ごしらえ

＊身欠き鰊はたっぷりの米のとぎ汁に浸《つ》けて戻します。この時、5㎝角程度の昆布を一片、入れておきます。とぎ汁と昆布は毎日替えて、戻す目安は七日前後です。

＊戻った鰊のうろこや頭、ひれなど余分な部分を取り除き、さらに腹骨をすいて、毛抜きで血合い骨を抜きます。

＊綺麗《きれい》にした鰊を、新たな米のとぎ汁で30分ほど茹《ゆ》でます。水に取り、さらに水道の水を細く出しながら暫《しばら》くさらします。取り出して水気を拭《ぬぐ》い、鰊の下拵《したごしら》えの完了です。

＊干瓢《かんぴょう》も柔らかく戻しておいてください。

作りかた

1 昆布は10カップの水に、10分ほど浸けて柔らかくします（浸け過ぎ注意）。この時に出来た昆布出汁《だし》はあとで使うので取っておきます。

2 戻した鰊を縦半分に切り、さらに巻きやすい大きさにカットします。

3 2の鰊を、柔らかくなった昆布で巻いていきます。くれぐれもきつく巻かないように気をつけて。

4
巻き終えた昆布の真ん中あたりを、干瓢で緩やかに結びます。結び目は解《ほど》けないようにきつく結んでください。

5
鍋《なべ》に4の昆布巻きを結び目を下にして入れ、1で出来た昆布出汁を8カップ注いで、酢を加え、落とし蓋《ぶた》をして30分程度、昆布が柔らかくなるまで煮ます。灰汁《あく》はこまめに取ってください。

6
5に砂糖、酒、味醂《みりん》を加えて10分ほど煮込んで充分に甘みをつけます。

7
6に醤油《しょうゆ》を加えて、煮汁が昆布巻きにぎりぎりかぶる程度になるまで根気よく弱火でことこと煮込んでください。

8
そのまま冷まして味を入れたら完成です。

ひとこと
『みをつくし料理帖』で作った中では最も下拵えに手間のかかる逸品です。身欠き鰊は、本干しではなく生干しを使えば、一晩で戻すことが出来ます。鰊によっては渋の強いものもありますが、その場合は下拵えの一番最後に、鰊をバットに並べて熱い番茶を注ぎ、自然に冷ましてから用いると良いでしょう。

ひとくち宝珠

材料（16個分）
きな粉……50g
上白糖……35g
寒梅粉……15g
水飴……20g
湯……50cc
上白糖（仕上げ用）……15g
抹茶……小さじ0・5
水……小さじ1

下ごしらえ
＊水飴《みずあめ》は湯で溶いておきます。
＊仕上げ用の上白糖は擂《す》り鉢《ばち》で擂って、きめ細かにしておきましょう。
＊抹茶は倍量の水で溶いておきます。

作りかた
1 ボウルにきな粉、上白糖、寒梅粉を入れ、全体を混ぜ合わせた上で篩《ふるい》にかけます。
2 1に、湯で溶いた水飴を様子を見ながら数回に分けて加えて、よく練ります。
3 生地がしっかり練れて、耳たぶより少し固い程度になったら半分に分け、片方にだけ抹茶を練り込みます。
4 二色の生地をそれぞれ手で丸め、宝珠の形に整えたら、仕上げ用の上白糖をまぶして完成です。

ひとこと
小野寺《おのでら》さまと同じやり方で作るのは大変なので、市販のきな粉と寒梅粉を使用することで作り易くしてみました。生地を練り上げるのに大変な力が要りますが、素朴な美味《おい》しさなので是非お試しを。お好みで甘さを調整する際、水飴の量を増やし過ぎると食感が損なわれますのでご注意ください。

本書は時代小説文庫（ハルキ文庫）の書き下ろし作品です。

時代小説文庫
た 19-5

小夜《さよ》しぐれ みをつくし料理帖《りょうりちょう》

著者 髙田《たかだ》 郁《かおる》

2011年3月18日第 一 刷発行
2014年5月18日第十六刷発行

発行者 角川春樹

発行所 株式会社 角川春樹事務所
〒102-0074 東京都千代田区九段南2-1-30 イタリア文化会館

電話 03(3263)5247[編集] 03(3263)5881[営業]

印刷・製本 中央精版印刷株式会社

フォーマット・デザイン&シンボルマーク 芦澤泰偉

ISBN978-4-7584-3528-4 C0193
http://www.kadokawaharuki.co.jp/[営業]
fanmail@kadokawaharuki.co.jp[編集] ご意見・ご感想をお寄せください。

髙田郁の本

八朔《はっさく》の雪
みをつくし料理帖

料理だけが自分の仕合わせへの道筋と定めた上方生まれの澪。幾多の困難に立ち向かいながらも作り上げる温かな料理と、人々の人情が織りなす、連作時代小説の傑作。ここに誕生!! 「みをつくし料理帖」シリーズ、第一弾!

花散らしの雨
みをつくし料理帖

新しく暖簾を揚げた「つる家」では、ふきという少女を雇い入れた。同じ頃、神田須田町の登龍楼で、澪の創作したはずの料理と全く同じものが供されているという——。果たして事の真相は? 「みをつくし料理帖」シリーズ、第二弾!

髙田郁の本

小夜《さよ》しぐれ
みをつくし料理帖

表題作『小夜しぐれ』の他、つる家の主・種市と亡き娘おつるの過去が明かされる『迷い蟹』、『夢宵桜』、『嘉祥』の全四話を収録。恋の行方も大きな展開を見せる、「みをつくし料理帖」シリーズ、第五弾!

心星《しんぼし》ひとつ
みをつくし料理帖

天満一兆庵の再建話に悩む澪に、つる家の移転話までも舞い込んだ。そして、野江との再会、小松原との恋の行方はどうなるのか⁉　つる家の料理人として岐路に立たされる澪。「みをつくし料理帖」シリーズ史上もっとも大きな転機となる第六弾‼